ラルーナ文庫

白夜月の褥(しとね)

ゆりの菜櫻

三交社

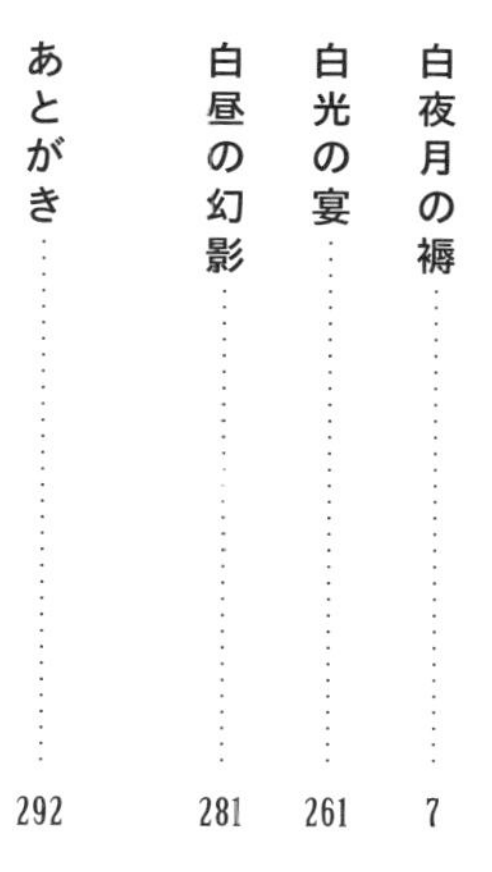

CONTENTS

Illustration

小路龍流

白夜月の褥（しとね）

本作品はフィクションです。
実際の人物・団体・事件などにはいっさい関係ありません。

いつかお前に、大地いっぱいに咲き乱れるマリスの花畑を見せてやりたい——。

■　プロローグ　■

果てしなく闇夜は続いていた。時折、どこかで雷鳴が響き、馬が不安げにいななく。

綾瀬春高は馬を宥めながら闇夜を駆け抜け、目的地へと急いだ。

天を仰げば雷光が瞬き、すぐにでも雨が降ってきそうな厚い雲に覆われていた。月も星も見えず、不気味なほど暗い夜道を、逃げ出すかのように、ひたすら馬で駆ける。

闇に包まれる夜道は、まるでこれからの自分の運命のようだ。

不安に怯えて過ごす己と向き合い、生きていかなければならない未来を、綾瀬はこの闇夜に垣間見た気がした。

ふと恐ろしくなり、長い睫を震わせ瞼を閉じる。

逃げることはできない。自分は覚悟を決めたのだ。二度と後悔しないように――。

綾瀬は目的の正宗公爵の屋敷に着くと、馬を降りて門を叩いた。

予め公爵家の家令は、綾瀬が訪れるかもしれないことを告げられていたのだろうか。深夜にもかかわらず、家令は綾瀬をすんなりと屋敷に迎え入れ、公爵の書斎へと案内してくれた。

「綾瀬少尉であります。正宗閣下に内密にお話が」

「入れ」

低く鋭い、だけどどこか甘ささえ感じる声に促され、綾瀬は書斎のドアを開けた。書斎の窓際には長身の男が立っていた。時々閃く雷光が、男の彫りの深い顔に影を作る。

――綾瀬の運命を握る男、正宗征一郎だ。

「ここへ来たということは、覚悟を決めたのか？　綾瀬少尉」

男の形の良い唇が意地悪げに歪むのが、照明を落とした書斎でもしっかり見てとれた。

「……はい」

声を出した途端、二の腕を掴まれ引き寄せられる。

「私とこういうことをする、ということだぞ」

彼の唇が綾瀬の唇に重ねられる。すぐさま舌が綾瀬の口腔に忍び込み、綾瀬の緊張で硬くなった舌を絡みとってきた。

「っ……」

正宗の腕が綾瀬の背中に回り、より一層口づけを深いものにしてくる。

拳を握りしめ、綾瀬は襲いくる恐怖に耐えた。そして震える声で、一番大切なこと、親友であり、密かに愛している男の身の安全を確認した。

「本当に……鳴沢を……鳴沢軍曹を最前線から遠ざけていただけるのでしょうか」

鳴沢はすでに戦地へと赴き、今も生死の境で戦っている。

「ああ、私にはそれだけの力がある。お前の愛しい男の命を少しでも長引かせるため、後方の援軍に配置されるよう図ってやろう」

正宗公爵は帝国陸軍の少将だ。それくらいの人事などたやすいことであろう。

「わかりました。そのお約束、必ずお守りください」

「お前こそ、私の愛人となることを約束できるのか？」

彼の綺麗に整えられた指先が綾瀬の顎を軽く持ち上げる。

この躰と引き換えに、愛する鳴沢の命を救う。それが正宗との契約だった。

「どうぞ、閣下のお望みのままに――」

遠くで雷鳴が響いたのを耳にしながら、綾瀬は静かに目を閉じたのだった。

■　I　■

慶節十五年。

皇帝を頂点とし、軍部が国を支配する軍事国家である大和帝国は、領土拡大のため隣国のロゼルの領地へ侵略し、戦争の真っ只中にあった。

貴族社会でもある大和帝国は、貴族出身であれば多くのことに優遇された。いわゆる完全に身分による格差が成立する国家である。

たとえば軍部でも、手柄を立てなくとも貴族であれば最初から少尉に任官される。対して平民であれば否応なく二等兵からの出発になり、出世にも大きく差が開いた。

綾瀬春高は綾瀬伯爵家の次男で、嫡男の兄が帝国大学に行ったのとは違い、陸軍士官学校へ入学して、そのまま陸軍大学校へと進んだ。兄が実家を継ぐ代わりに、自分は軍部の側から実家を支えようと思ったのだ。そして卒業後は陸軍少尉として騎馬隊に配属されたが、今は正宗の力で憲兵隊に所属している。

貴族出身ということで、戦況が徐々に苦しくなりつつあっても、未だ戦地へ派遣されることもない。今のところ戦地に行かされるのは平民出身の兵士ばかりだ。そういうことでも、身分の差で区別されている。

綾瀬は憲兵隊の執務室の窓から見える兵士たちの訓練風景に視線を移した。

鳴沢……。

思い浮かぶのは半年前にここで訓練をし、戦地へと派遣されていった平民出身の親友、鳴沢一樹（かずき）の姿だ。

綾瀬は陸軍大学校で彼と一緒になってから、密かに鳴沢に恋心を抱いていた。

彼の行動力とそのリーダーシップに憧（あこが）れ、そして共に過ごすうちにそれがいつしか友情から恋心へと変わっていったのだ。

男性を愛するという禁忌の想いに、最初は綾瀬も戸惑ったが、やがて自分でも素直に受け入れるようになった。

そしてその想いは軍に配属されてからも変わらず、綾瀬は恋心を胸に秘めながら、良き親友として鳴沢に接していた。

だが戦争が激しくなり、平民出身の鳴沢だけが戦場へと駆り出されていった。

鳴沢……。

何度心の中で名前を呼んでも、彼の声が聞こえるわけではないことはわかっている。それでも何度も呼んでしまう。もしかして今このときでさえ、彼は戦火に巻き込まれているのではないかと思うと、彼の名前を呼ばずにはいられなかった。

「失礼します！　綾瀬少尉、穀物庫の盗難の件、犯人を捕まえました」

いきなり背後から声をかけられ、心臓がどきりと大きく跳ね上がる。動揺を悟られないようにポーカーフェイスを保ちつつ、綾瀬は振り向いた。

「……遠藤曹長」

そこには、いつの間にか平民出身の兵士が立っていた。彼は綾瀬よりかなり年上で、ある程度軍歴もあるが、平民出身ゆえに出世も遅く、綾瀬の下に配属されている曹長だ。

遠藤の背後に目を遣ると、ぐったりとした一人の兵士が、両脇を憲兵隊の兵士らに支えられ引き摺られるようにして立っていた。

「暴行を加えたのか？」

眉一つ動かさず、綾瀬は遠藤に問うた。

「なかなか口を割りませんでしたので」

暴力はあまり好きではないが、それを露にしては上官としては相応しくない。綾瀬は淡々と部下の返答を聞いた。

仮にも将校であるのだから、暴力的なことであろうと平然として受け止めなければ、下士官に見下される。特に綾瀬のように中性的な容姿を持つ上官は、その対象にされやすいのもあり、綾瀬は普段からも、ことさらに冷たく振舞っていた。

この態度から綾瀬は軍部では冷たい麗人として名が通っているのも知っているが、仕方がないと諦めている。

「その男は、歩兵隊の者だな」

「はい。相模一等兵であります。この者の処分をどういたしましょうか」

綾瀬は現在、憲兵隊を仕切る正宗少将の副官として仕えている。このような正宗を煩わすことができない雑用は、綾瀬の判断の域だった。

穀物庫から食糧を盗んだ理由は大体わかっている。なんらかの理由で金が要り、どこかに食糧を横流しでもしていたのだろう。

戦争で食糧がかなり不足しているのは、本来、農地を耕す人間さえも今は戦地へと駆り出されているからだ。

軍人には戦うために充分な食糧が与えられるが、最近になって、それは貴族出身の軍人だけになり、平民出身の軍人にはなかなか回らなくなっているらしい。一般平民にも同じことが言える。そのため世間では盗品などを扱う闇市が横行し、食糧の価格が高騰しているのも事実だった。

盗んだ人間が悪いのは確かだ。だが、彼らだけが悪いとは思えない。

「歩兵隊には貸しを作りたい。後で糸井准尉を行かせ、彼に歩兵隊の上層部と取引をさせる。それまで彼を独房に入れておけ」

「……わかりました」

　返答までの一瞬の間は、綾瀬の判断に対する不服を示すものだろう。処罰の甘さに彼の不満が表れているのだ。しかし上官であり、しかも貴族出身の綾瀬に逆らえるわけもなく、遠藤は綾瀬に慇懃無礼なほど丁寧に敬礼をすると、すぐに後ろに控えた部下に声をかけ、犯人ともども部屋から立ち去った。だが我慢しきれなかったのか、ドアの向こうからは綾瀬に対して不満を口にする声が聞こえる。

『処分が甘すぎる。憲兵隊の名が泣くぜ。他の部隊からも軽んじられるようになるぞ』

『憲兵隊の氷の姫君は俺たちの仕事をどうでもいいものだと思っているようだよな』

『せっかく捕まえても、ああも淡々と事務処理のように言われたら、やる気もなくすぜ』

　氷の姫君。裏で綾瀬のことを下士官らがそう呼んでいるのは知っている。

　姫君と揶揄っているのは、綾瀬が手柄もないくせに、伯爵家出身というだけで少尉という士官であることを、よく思わない感情が混じっているからだ。

　そして本来口数が少ないせいもあって、プライドが高くて、平民出身の兵士を相手にもしないとも言われていた。

　綾瀬は小さく溜息をつく。ふと人の気配がした。遠藤曹長が戻ってきたのかとドアに目を遣ると、そこには綾瀬の上官である少将、正宗征一郎が立っていた。

　相変わらず気配を消すのが上手く、どこか得体の知れない正宗の様子に、綾瀬はなかなか慣れることができなかった。

「お戻りになられたのですか？」

正宗は今朝から皇族のお茶会に呼ばれ、出かけていた。

彼の家、正宗公爵家は大和帝国でも屈指の名門であり、皇族とも婚姻関係がある家柄だ。

正宗征一郎は、現在三十二歳の若さで、そこの当主であり、軍部でも少将という地位にあるエリートでもあった。

「綾瀬少尉、歩兵隊に貸しを作るとは初耳だな」

どこから綾瀬のやり取りを聞いていたのだろうか。口許に不遜な笑みを浮かべ、彼はゆったりと執務室へと入ってきた。綾瀬は見透かされていると思いつつも言い訳をした。

「……憲兵隊が戦場に出るようなことがあった場合、少しでも優秀な歩兵をこちらへ回すように交渉する際、いろいろと引き出しがあったほうが有利かと思い、口にしました」

「憲兵隊が戦地に出るようなことがあったら――、それは帝都が戦場となるときくらいだろう。違うか？」

優雅に執務机の上に腰かける。そしてすっと双眸を細め、綾瀬を見つめてきた。

正宗征一郎・ハリス。それが正宗のフルネームだ。父は前正宗公爵、母は今は敵国であるロゼル屈指の財閥の娘で、いわば優良種の混血である。

艶やかで短めに整えられた髪は大和帝国人特有の黒髪だが、瞳が母譲りで濃紺に近い深い青色をしており、どこか異国情緒を感じさせる風貌(ふうぼう)である。

綾瀬はつい正宗に見惚(みと)れそうになり、無理やり彼から視線を外した。

「勝手に申し訳ありませんでした」

たぶん正宗には綾瀬の考えの甘さがわかっている。綾瀬がどう言い繕おうと、今の兵士に対する処分は軽い。厳罰を与えなければ、他の兵士にも盗みを助長させる可能性があるのも理解しているが、どうしても暴力で解決したくはないし、できなかった。せいぜい裏取引の材料として使うくらいだ。

そういうことも含め、以前の騎馬隊と違って、軍部内を取り締まる憲兵隊の業務は、綾瀬にはかなり心の負担になっていた。

正宗と愛人契約を取り交わしてから彼の権力で、綾瀬は半ば強引に憲兵隊に転属させられ、彼の副官として傍(そば)にいることを命じられている。それゆえ、これから先も違う部署に転属する可能性は低かった。

「お前は甘いな」

「申し訳ありません」

「甘いから私のような男につけ込まれる」

正宗が執務机から再び腰を上げ、綾瀬に近寄ってきた。逃げたくなる気持ちを必死に抑え、その場に立ち竦(すく)んでいると、そのまま正宗に顎を摑み上げられる。

「少尉、私がいない間、他の男を誘ったりはしなかったか？」

「そ……そんなこと、いたしません」

　綾瀬が答えると、正宗の指が綾瀬の臀部に回る。

「貞操帯をきちんとつけているか見せろ。そうでなければ信用できないな」

「な……閣下、私が他の男など誘うわけがありません」

「お前は私と契約して私の愛人となったのだろう？　お前が貞操を守り、それを私に証明するのは義務だ。それとも私の命令に逆らうというのか？」

「っ……」

　全身にカッと熱が込み上げた。執務室で服を脱ぐことはすでに何度も強いられているが、それでも慣れることはなかった。しかも男であるにもかかわらず、女性のように貞操帯をつけさせられていることにも羞恥と屈辱を感じているのに、それを正宗に見せなければならないという状況に、綾瀬は命を絶ちたくなるほどの苦痛を覚えた。

　でも、死ねない。自分が死ねば鳴沢の命も消えることになる。

「綾瀬少尉、どうした？　ここで契約を破棄するか？」

　余裕さえ感じられるほどの声で問いかけられる。

　答えは決まっていた。

「閣下……せめてドアに鍵を」

ここは執務室であり、ドアには鍵がかかっていない。いつ誰が入ってくるかわからないところで、服を脱ぐ勇気などなかった。

拒否することは許されないのだから、せめて他人に見られるリスクだけは取り除きたかった。

「鍵はさっき私が来たときにかけてある」

そう言いながらも、綾瀬の臀部の狭間にある窪みをキュッと指の腹で押してきた。

「あっ……」

「お前が他の男を誘っていないか、証拠を見せてみろ」

以前、綾瀬が資料室で一人残業をしていたときに、兵士に襲われ強姦されそうになった事件があった。それから、正宗は綾瀬に貞操帯をつけさせるようになったのだ。

綾瀬を襲った兵士は拷問をされた上、どこかに連れていかれてしまった。たぶん戦場の最前線へと送られたのだろう。その証拠に、その男とは二度と会うことはなかった。

「脱ぐんだ、少尉」

鋭い声で命令され、綾瀬は自ら軍服の下を脱いだ。下着を着けることは禁止されているため、脱ぐと正宗が特別に職人に作らせた貞操帯が、下半身にきっちりと装着されているのがすぐに目に入る。

色白の太腿から腰にかけて、黒く細い革のベルトが巻かれているのだが、黒のなめし革が白い肌に映え、より艶かしく見える。

淫らな姿を正宗に晒すことに羞恥を覚えると同時に、綾瀬の下半身が理性を裏切って、小さく快感に震える。

「鍵が壊れていないか調べるぞ」

「……はい」

特別に作られた貞操帯は、他の男のものを咥え込まないように、綾瀬の後ろの蕾に筒状の物が挿入され蓋がされていた。時にはその筒の中に媚薬を入れ、綾瀬を狂わせる。また筒全体が細かく震える機能もついており、綾瀬を淫らに喘がせることに事欠かないようになっていた。

一方、前は多少勃起しても軍服の布地を突き上げたりしないように、カップのようなもので綾瀬の下半身を包み込んでいる。カップの中の下半身は、綾瀬が簡単に達けないようにベルトで締めつけられ、射精を堰き止められていた。

そして、この貞操帯には鍵がついており、それを外すことができるのが、綾瀬の主人である正宗だけであった。

「確かに、鍵は壊れていないな」

「あっ……」

俄かに蕾に埋め込まれている筒が震えた。正宗が震動するようスイッチを入れたのだ。

「貞操を守った褒美をやろう。さあ、ミルクの時間だ」

　そう告げながら、正宗は執務机の椅子に足を左右に広げ座った。その行為の意味を充分に知っている綾瀬は、奥歯を噛んで罵声を上げるのを堪えた。

「……はい、ありがとうございます」

　震えそうになる声を抑えながら、彼の足元に跪く。体内に埋め込まれた筒はますます振動を大きくし、綾瀬を追い詰めてきた。

「くっ……」

　機械的に与えられる快感に綾瀬は声を上げそうになり、慌てて息を飲み込んだ。

「そんなに嬉しいか？」

　正宗は苦しげに俯く綾瀬に、愉しそうに話しかけてくる。綾瀬は躊躇することなく彼の股間に唇を寄せると、手を使わずに、彼の軍服のトラウザーズのジッパーを器用に口で下ろした。そうするように彼に教えられたのだ。

　目の前には正宗の巨根がある。丁寧に唇だけで衣服をはだけさせ、彼の欲望に舌を這わせた。

　ミルクの時間とは、彼の精液を飲み干す行為のことを指す。

　これができなければ、綾瀬もまたいつまで経っても貞操帯を外してもらうことはできない。朝から装着されているため、綾瀬もそろそろ限界に近かった。ここで一度、解放してもらわなければ、午後からの業務をまともにこなす自信がない。

「もっと顎を使え」

頬を撫でられながら命令されると、綾瀬の背筋がぞくぞくと痺れ出す。彼に毒されてきた証拠だ。

「私を達かせることができたら、お前もすぐに達かせてやろう。朝から紐で締めつけられていては、さぞ辛いだろうからな」

達けることを想像するだけで、綾瀬の躰に快感が走る。これも調教された成果の一つだ。

「そうだ。上手くなった。いつかは私のこれを口にするだけで、反射的に射精できるように躾けてやる。今はそのための練習だ。私を口で達かせれば、自分も達けると躰に教え込むんだ、少尉」

本当にそんな躰にされてしまうのだろうか――？

恐怖が胸に湧き起こるが、どうしてかそれさえも快感に変わっていく。ここ数ヶ月、彼の愛人をしてきたせいなのか、彼からされることすべてに、躰が反応してしまうようになってきている。まさに調教されているのだ。

恐い……。

自分が淫乱な男であることを暴かれていくようだ。

「ああ、そうだ、鳴沢軍曹だが……」

鳴沢――！

こんなときに鳴沢の名前を出すとは卑怯だ……。

愛する男の名前を聞きながら、他の男に奉仕している自分が、虫けらのように思えてくる瞬間だ。だが、それさえも耐え、自分のこの行為が鳴沢の命を救うんだと言い聞かせながら、綾瀬は正宗に教えられた通り、舌や歯茎を使って正宗を丁寧に愛撫した。

「彼を今回も後方支援に回すように、現地に通達しておいた。彼には気の毒だが、当分は帳簿つけの毎日だろうな」

正宗の言葉を聞いて、綾瀬の胸に安堵が広がる。

「しかし、お前も鳴沢のことを想いながら、他の男の下半身を咥えて悦んでいるとは……かなり倒錯的だな」

一番言われたくないことを告げられる。愛人契約を持ちかけたのは正宗であるのに、酷いことを口にして綾瀬を辱めた。

「だがいい。お前の心など関係ない。この躰が私のものであることには違いないのだからな。もっと私を悦ばせられるように、愛人として務めを果たせばそれでいい」

綾瀬の口腔を埋め尽くしていた正宗の男根がさらに嵩を増す。咥えきれずに唇から飛び出しそうになるのを、両頬を摑まれ押さえ込まれる。

「さあ、ミルクだ。全部飲み干せ。残したらお仕置きだ」

いきなり綾瀬の喉(のど)の奥に勢いよく精液が当たる。咽(むせ)そうになりながらも、綾瀬は必死に苦いそれを喉の奥へと流し込んだ。

いくら飲んでも飲み終わらないほど長い吐精が続く。だがもうすぐ自分も射精を許されるかと思うと、辛いはずの行為が快楽へと繋(つな)がっていく。綾瀬の下半身は頭を擡(もた)げ、ベルトが食い込み始めていた。

最後の一滴まで正宗の精液を吸いつくようにして舐(な)め取る。すると、正宗の手が綾瀬の下半身に伸び、貞操帯の鍵を外した。

「ああっ……」

鍵の外れる音だけで、躰の芯(しん)が快感に震える。

正宗に手を引っ張られ立ち上がると、今度は彼の唇が綾瀬の下半身に吸いついた。目だけで射精しろと訴えられる。

とてもでないが、そんなことなどできなかった。人の口に射精などしたことがない。正宗からも今まで強要されたこともなかった。

彼の口から逃げようとするが、腰をしっかり摑まれているため、逃げることもできない。さらに首を左右に振って拒否の感情を示しても、正宗はまったく聞く耳を持たない様子で、最後には綾瀬の蕾に指を挿入し、前立腺(ぜんりつせん)を擦(こす)ってきた。

「やっ……あああああっ……」

朝から我慢を強いられてきた上に、前立腺を刺激されては、綾瀬も強情を張ることはできずに、彼に促されるまま口へと吐精してしまった。

「あっ……ああっ……」

自分の下半身に顔を埋める正宗を見ながら快楽を得る自分に幻滅する。このままではきっと自分は壊れてしまうに違いないと確信もした。

最後の最後まで搾り取るようにしてきつく吸われる。綾瀬はそのまま吐精を続けるしかなかった。

「まああの濃さだ。これなら他の男と悪さをしたりはしていなさそうだな」

ぐったりとした綾瀬を床に寝かせると、正宗は身なりを整え、窓際へと歩いた。外からは訓練のかけ声が聞こえてくる。それによって一瞬で現実に引き戻された。

「……閣下以外の男に触らせたことはありません」

綾瀬もゆっくりと躰を起こし、だらしなく開いていた太腿を閉じた。

どんなに躰を穢(けが)されようと、心だけはしっかりと自分で持っていたい。心までは絶対許さない。自分の誇りに懸けても——。

凍りつきそうになる心を、鳴沢との思い出だけで温めようと、綾瀬は彼の姿を思い出しながら拳を強く握りしめた。

「今宵(こよい)は長谷部(はせべ)男爵の屋敷で上流階級の方々を招いた小さなパーティーがある。私も招待されている。お前も出席するように」

正宗が窓に視線を向けたまま告げてきた。長谷部男爵家のパーティーの意味を知っている綾瀬は、再び視線を床に落とし、わかりました、と告げるしかなかった。


世の中が戦争をしているというのに、長谷部男爵の屋敷はまるで別世界のようだった。

給仕される食べ物や飲み物は一流であるのはもちろん、招待された人々を着飾るドレスや宝飾品なども、戦前と変わらずに、それが当たり前であるかのように高価なもので溢(あふ)れ返っていた。

月に一度だけ開かれるパーティーは、一部の人間のみにしか参加が許されない秘密のものだ。

名だたる顔ぶれで大広間が埋め尽くされてはいるが、実は秘密クラブという裏の顔を持ち、時には麻薬や娼婦(しょうふ)などが斡旋(あっせん)される乱交パーティーともなっていた。

大勢の兵士たちが戦場で戦っているというのに、特権階級の一部の人間は、戦争を別次元のことのように口にし、自分らは欲望のまま快楽に耽(ふけ)る。

この国が戦争に勝てるわけがない……と綾瀬が感じる瞬間でもある。

綾瀬は眉間(みけん)に小さな皺(しわ)を寄せながらも、正宗に連れられるまま広間のさらに奥にある小さなドアをくぐった。その先にはまた長い廊下が続いている。警察に踏み込まれても、廊下が長いことによって特別室にたどり着く時間を少しでも稼ぎ、客が逃げられるようにするためだと聞いている。

「いらっしゃいませ、正宗公爵」

その廊下の途中で、この屋敷の使用人の一人、品のある紳士が頭を下げてきた。ここから先は今まで以上に特別なエリアであることを、この男の存在が物語っている。正宗はそれに鷹揚（おうよう）に頷（うなず）きながら、綾瀬に声をかけてきた。

「綾瀬少尉、お前にプレゼントを用意した」

正宗の言葉に合わせて廊下の脇に立っていた紳士が、綺麗な宝石箱を取り出した。予め用意させていたのだろう。それを正宗は無造作に受け取り、綾瀬の前に差し出してきた。

「……これは？」

「先日特別注文しておいたものだ。これをつけて、パーティーに参加しろ。お前が私の所有物である証拠だ。ここから先はお前の所有者が誰かわかるようにしておかなければ、私に無断でお前が閨（ねや）に連れていかれても文句は言えないからな」

正宗の言葉に、綾瀬は前回、他の客に別室へ連れ込まれそうになったことを思い出す。未然に助けられ、事なきを得たが、相手の男はこの屋敷の出入りを禁止される異例の事態となった。このことで誰もが正宗の綾瀬に対する寵愛（ちょうあい）に驚いていたが、綾瀬はそれが他の人間が噂するように正宗が綾瀬を愛しているゆえの行動とはとても思えなかった。

彼にとっては、自分の所有物に他人が触れたことが相当嫌だったのだろう——。

そうとしか受け取れなかった。

先日のことを思い出しているうちに、目の前で箱の蓋が開く。中には革の首輪が入っていた。首輪の中央には大粒のエメラルド、そしてその周りをダイヤモンドがいくつも配置されている豪華なものであった。

「革も最高級のものを使っている。つけ心地はいいだろう」

首輪といっても、かなり高級なものであることは綾瀬が見てもわかった。たぶん平民クラスの家なら一軒くらい余裕で建ちそうだ。

正宗が綾瀬のために用意するものは、どんなものでもすべて一流品であり、物自体は下品で喜ばしいものとは言えないのだが、同じ貴族の綾瀬伯爵家でも少しばかり躊躇するような高価な代物ばかりだった。

「エメラルドでも深い緑を調達した。お前の黒い髪と真珠色の肌に映えるはずだ」

正宗は首輪を箱から取り上げると、綾瀬の首に嵌めた。首輪の留め金の辺りに温かく湿った感触が生まれる。正宗が口づけをしているのだ。そう思っただけで躰が甘く震えた。

愛されているような錯覚に胸が締めつけられる。そして同時に首輪によって、じわりと心まで囚われたような気持ちにもなる。

躰は鳴沢の命と引き換えにこの男に渡した。それゆえに触られれば反応してしまうかもしれない。だが心までは渡した覚えはない。それをこんなふうに首輪をつけられることによって、心まで彼のものにされそうな気がして恐くなる。

戦争が終わり、鳴沢が無事に帰ってくるまで——。

わずかな希望が綾瀬の胸に落ちてくる。

本当にこの戦争に終わりが来るのかわからない。もし来たとしても、今の状況から考えて敗戦国としてなんらかの制裁を加えられる可能性も高い。

それでも鳴沢が再びここに戻ってくることを切に願わずにはいられなかった。どんな形でもいいから、命だけは助かってほしい。

この帝国を平和な国にしようとお互いに誓ったのだから——。

＊＊＊

運命の歯車が狂い出したのは、八ヶ月前。それは雪解けがそろそろ始まる季節だった。

鳴沢は突然出兵の命を受け、ロゼルとの国境近くへと派遣されることになった。

ロゼルは大和帝国の北に位置する民主主義の国で、大和帝国と違って貴族制度もない国だ。そのロゼルとの国境付近に大きな鉱脈があり、大和帝国としては、どうしてもその付近一帯を手に入れたく、ロゼルへの侵略を始めた。

しかし、簡単には戦争は終わらなかった。勝算ありと見込んで侵略した戦争は、かなり長引き、その誤算は多くの兵士たちの命を奪うことになった。

ロゼルとの国境付近は寒さが厳しく、冬の間は大地も凍てつくほどだ。そこへ派遣された兵士たちの多くが寒さと飢えに苦しみ、戦い以外のことで命を落としていったのだ。

今はその最悪な季節ではなかったが、まだ春先であり、ロゼル国境付近は多少は寒さが緩んだとしても、依然として寒い。過去の教訓も生かすことなく、大和帝国は雪も解けきらないうちから、再び軍を侵攻させようとしていた。

鳴沢――！

綾瀬は鳴沢の出兵を耳にし、馬を走らせていた。

今朝、実家に戻っていた綾瀬は、朝食の際、綾瀬伯爵家当主である父親から直接聞かされたのだ。

『鳴沢家のご子息が今度出兵されるそうだな』

まさに寝耳に水だった。

三日後に出立式があるのは知っていた。だがそれに鳴沢が入っているとは聞いていなかったのだ。自分の部下でなければ、平民出の軍人の誰が戦地に行くかなど、綾瀬の耳には入りにくい。それだけ貴族出身の軍人と平民出身の軍人の間には隔たりがあり、交流がなかった。

鳴沢も自分が話さなければ、綾瀬の耳に入りづらいのはわかっていたはずだ。それなのに黙っていたことに、意図を感じずにはいられない。大切な話なのに綾瀬に内緒にしていたことが俄かに信じられなかった。

なぜ――？

一週間前にも鳴沢と合同演習で会ったばかりだった。そのときさえ彼は戦地へ行くことなど一言も綾瀬には告げてこなかった。

どうして私には何も言わないんだ？

綾瀬は伯爵家の出身であるので、まだ当分戦地へ赴くことはない。鳴沢だとてそうだ。大きな商社の跡取り息子でもあるので、両親がそれなりにお金を積んで、出兵が遅れるように裏で根回しをしていたはずだ。

それがどうして――？

考えれば考えるほど鳴沢の想いがわからなかった。

鳴沢に直接会って、理由を聞かなければ――。

綾瀬は居ても立ってもいられず、休日で実家に戻っていたにもかかわらず、兵舎へと戻った。

下士官用の宿舎は、綾瀬が使っている将校用宿舎と違い、とても狭く、また風呂(ふろ)なども共同である。こんな宿舎でさえも陸軍大学校を出てすぐに将校クラスの階級につく貴族と、そうではない平民の差が歴然としていた。当然、将校クラスの人間が下士官の宿舎に来ることなどあまりない。

綾瀬が下士官用の宿舎に顔を出すと、それまでロビー脇の娯楽室でたむろっていた兵士らが、無言で視線を逸（そ）らす。休み時間になってまで上官の顔を見たくはないのだろう。

こういった下士官らの態度からでも、たとえ今回の戦争に勝ったとしても、この先、大和帝国は内部から崩れていくだろうことが予想できた。

綾瀬は眉間に小さく皺を寄せると、舎監室にいた男に声をかけた。

「鳴沢軍曹を呼んでくれ」

男は急いで電話をし、鳴沢を呼び出した。すぐに鳴沢が驚いたような顔をしてロビーに現れる。

「綾瀬……少尉」

一瞬、プライベートのときのように呼び捨てにされそうになったが、鳴沢はすぐに我に返った様子で語尾に階級を付け足した。

本当はそんな気遣いは不要だった。だがここが軍である限り、下士官が上官を呼び捨てにすることは許されない。

そんなことにさえ綾瀬は胸を痛めながらも、鳴沢に近づいた。

「鳴沢軍曹、少し話がある。外に来てくれないか」

「それは命令ですか？」

「え？」

思ってもいない言葉が返ってきて、綾瀬は鳴沢を見上げた。そこには陸軍大学校時代と変わらず男らしく意志の強そうな顔をした鳴沢がいた。

ほどよく筋肉がつき、引き締まった躰は、綾瀬が憧れてやまないものだ。しかしそれは疚しい想いがあるゆえに、触れたくとも容易に触れてはいけないものでもある。

ずっと好きだった。でも決して自分の思いを告げることはしないとも決めていた。いつまでも永遠に親友でいたいから――彼の傍で笑っていたいから、この想いは胸の内にしまっておくことにしていた。

だがこうやって少しでも冷たい態度をとられると、綾瀬の臆病な恋心が深く傷つく。

綾瀬が彼の態度に、どうしていいかわからず固まっていると、頭上から綾瀬にしかわからないほどの小さな溜息が落ちてきた。鳴沢だ。

「少尉……」

ようやくいつもの優しい声色で鳴沢が小声で話しかけてくる。それで綾瀬はやっと黙って首を横に振ることができた。先ほどの問いかけである『命令ですか？』の答えのつもりだ。

「わかりました。外に行きましょう」

　鳴沢が先に宿舎から出るのを綾瀬が後から追いかけるような形で外に出た。

　外はひんやりとした夜気に包まれていた。もうすぐ春ではあるが、まだまだ夜になると冷える。

「どこに行くんだ？　鳴沢」

　もう二人きりだから、友人同士で話す口調に戻す。

「すぐそこだ」

　そう言って、鳴沢は林の中に入った。

「鳴沢？」

　そんな場所へと向かうことを不思議に思い、もう一度声をかけると、鳴沢がいきなり振り返った。

「ここなら誰もいないだろう」

「あ……ああ」

　二人の会話が聞こえないところまで連れてきてくれたらしい。

「綾瀬、お前が俺に友人として接してくれているのはよくわかっている。お前のそんな気持ちは嬉しい。だが、皆の前であまり親しそうにしないほうがいい。お前はお前で、下士官に尻尾を振っていると軽く見られるし、俺も上官に媚を売って出世を狙っていると勘違いされて、あまり同僚によく思われないからな」

そんな寂しいことをいきなり言われ、綾瀬はつい視線を地面に落とした。

「……すまない。わかっているつもりだった」

同じ大和帝国の国民同士なのに、出身の違いだけで、どうして敵同士のように接さなければならないのか。長い間感じている理不尽さに胸が痛む。

「だったら、もう下士官の宿舎などに訪ねてくるな」

綾瀬は無言で鳴沢を再び見上げた。月夜の下の鳴沢は、どこかいつもと違って見えた。まるで何かを決意したような、そんな強さを秘めていた。

それが戦場へと送られるせいなのかと思うと、綾瀬の心が引き裂かれそうに痛む。

彼が自分の知らない場所へ、二度と会えない場所へ行ってしまいそうで恐くなった。そしてそれを彼が覚悟していることがひしひしと伝わってきて、綾瀬の胸に深い悲しみが襲ってくる。

「嫌だ……お前が出兵するって聞いてっ……そんなの絶対、嫌だっ！」

綾瀬がそう叫んだ途端、鳴沢の目が驚きで見開かれた。それを見て、彼が本当に綾瀬に内緒で戦地へ行こうとしていたことがわかった。

相談さえもしてくれなかったことが悔しくて彼の胸元を強く摑みあげた。

「やはり、私には内緒にして行くつもりだったんだな！　どうしてっ。お前、この間の演習のときも、そんなこと私に一言も言わなかったじゃないか。それにもっと早く相談してくれれば……どうにかしたのに」

　綾瀬だとて貴族の一員だ。父に願えば鳴沢の出兵を遅らせることができたかもしれない。それができなくとも、何か手を打つことくらいできたはずだ。

「……だからお前に言いたくなかったんだ」

　鳴沢は胸元を摑んでいた綾瀬の手を優しく解き、淡々とそう告げた。

「お前に言えば、綾瀬家の力で俺の出兵をどうにかしようとするだろう？」

「当たり前だ。お前は私にとって大切な親友だ。その親友をみすみす戦場などに行かすわけにはいかない！」

「で、俺だけ救われて、俺の代わりに他の誰かが行かされるのか？」

「な……鳴沢」

「馬鹿な」

　鳴沢は吐き捨てるように呟いた。

「綾瀬、俺はお前のことが嫌いだとは思ったことはない。むしろ親友としていつも俺のことを気遣ってくれるお前をありがたいと思っている。だが、俺は貴族の特権というのが嫌いだ。貴族だから戦場に行くのは後回しだという馬鹿げた考えも腹立たしい。人の命は平等であるはずだ」

「確かに……そうだが」

鳴沢の言うことは正論だ。ただこの帝国においては、それは危険思想とも取られかねない発言だった。

「綾瀬、俺は自分の力でお前のところに戻ってくる。貴族の特権など必要ないし、いつかそれを壊してやる。お前と一緒に真に平和な国にしてやる」

「嫌だ……平和な国になったって、鳴沢に万が一のことがあったら、私はどうしたらいいかわからない。お前に嫌われても特権を使ってお前を行かせたくない」

綾瀬は子供のように鳴沢の胸にしがみついた。この男が自分の知らない場所で死ぬかもしれないと思うと不安でたまらない。今すぐにでも心臓が止まりそうにさえなる。

「大丈夫だ、綾瀬」

鳴沢の腕が綾瀬の背中に回り、そっと撫でてきた。その行為が信じられず、綾瀬は夢でも見ているのではないかと思った。

「綾瀬、俺は絶対戻ってくる」

「鳴沢……」

好きなのに……こんなにも鳴沢のことを愛しているのに、どうやっても彼を止めることができない自分が不甲斐(ふがい)ない。

「俺は絶対に戻ってくる」

「嫌だ……お前を行かせたくないっ」

みっともないほど声が涙に震えた。それでも綾瀬は必死に縋りついた。

この手を離せば、鳴沢とは二度と会えないかもしれないと思うと、なおさら離すことなどできなかった。

綾瀬は涙を流す自分の顔を鳴沢に見られないように彼の胸に顔を埋め、話を聞きたくないとばかりに首を横に振った。すると今度は、鳴沢は綾瀬の頭を撫でてきた。

「綾瀬、俺を信用しろよ。俺が今までお前に嘘を言ったことがあるか？」

無言で首を振る。学生時代から鳴沢はまっすぐな男で、嘘を言うような真似をしたことはなかった。

「……それに俺はいつかお前に言いたいことがある。それを言うまでは死ねない。必ずここに戻ってくる」

言いたいこと？

鳴沢の顔を見ようと視線を上げると、彼の唇が静かに綾瀬の唇に重なった。

え——？

掠めるようなキスは一瞬で離れていく。

「俺は自分のためにも貴族の力など借りない」

目の前の鳴沢の力強い双眸に見つめられながら、唇が触れそうなくらいの至近距離で囁かれる。

「なる、さ……わ」

「平和で、みんなが平等で、国民が幸せになれる新しい国を作ろう、綾瀬。そのときはお前にも絶対声をかける」

綾瀬は小さく頷いた。平民だからといって、鳴沢に出兵命令が出るような不公平な社会は綾瀬も間違っていると前々から思っていたからだ。

綾瀬が頷いたのを見て、鳴沢は頬をそっと撫でてきた。

「綾瀬、元気でな」

その言葉を合図に、鳴沢が綾瀬の躰から離れた。

「鳴沢！」

鳴沢は綾瀬の声に振り向かず、ただ片手を上げて応えただけだった。

「鳴沢……」

好きだ――。ずっと好きだった。学生時代からこの想いを口にせず、心に秘めてきたのは、こんな別れをするためじゃない。

「好き……鳴沢」

もう彼には聞こえないだろうが、綾瀬の想いが零れ落ちてしまった。

綾瀬は熱を帯びた唇にそっと指を添えた。

ここに彼の唇が……。

今ここに鳴沢の唇が触れたような気がした。いや、確かに触れた。

このキスはどういう意味——？

胸に吹き荒れる嵐（あらし）に翻弄（ほんろう）されながらも、綾瀬はそこに立ち止まって月明かりに照らされた鳴沢の背中を見つめることしかできなかった。

——そして三日後、鳴沢はロゼルとの国境近くの陣営へと旅立っていったのだった。

それからすぐに綾瀬は父に鳴沢の助命を願い出た。だが一度戦地に赴任した平民の兵士を簡単に戻すことはできなかった。

仮にできるとしても軍部に影響力のある高官くらいしかいない。しかしなんの利益にもならないことを高官がするはずがない。

綾瀬はツテがある限り声をかけたが、下手にそんな前例を作っては、兵士たちの士気も下がるだろうと、誰からも難色を示された。

そんな中、彼に出会ったのだ。

「まあ、あれは正宗公爵様よ」

それは綾瀬が父と兄が家業の用事で海外に出ているときに、名代として参加した晩餐会（ばんさんかい）でのことだった。

綾瀬はそこで初めて正宗征一郎と出会った。

正宗は漆黒の髪を撫でつけ、禁欲的な雰囲気を持った男性であった。バランスのよい四肢を光沢のあるタキシードに包み、さながら、どこかの王族のような威厳を醸し出していた。上質なサファイア色の瞳に彫りの深い顔立ちはロゼル出身の母親譲りらしく、異国の情緒さえ感じ、ミステリアスな要素を大いに含んでいる。

綾瀬が軍に入ったときには、すでに正宗は留学をしていたので、噂では聞いていたが実際本人を見るのはこの日が初めてだった。

もしかしたら以前、どこかの夜会等ですれ違ってはいたかもしれないが、所詮（しょせん）、伯爵家次男という立場の綾瀬には、正式に紹介されたことのない相手だった。

「久しぶりにお見かけするわ。大国ウルジュに兵法を学びに行かれて二年ほどですけど、もうお戻りになっていたのね」

「ええ、戦争が始まったので、皇帝から直々に戻るようお声がかかったそうよ」

綾瀬のすぐ傍にいたご婦人方が色めき出す。

「皇帝の信頼も篤くて将来も有望ですけど、公爵のお母様がねぇ……」

「ご両親が離婚されたといってもご母堂が敵のロゼルの出身というのが……ねぇ」

「今後においても、公爵のお立場的に敵国、ロゼルに肉親関係がいるのはあまりよくありませんわよね」

今褒めていた口ですぐに悪口を言い出すのは、いつものことなので、綾瀬は聞き流していた。

「皇帝がそれを特に気になさっていらっしゃるとか。公爵の伯母上様は皇帝のご生母様でいらっしゃいますし、寵臣の一人であることには間違いありませんわ」

「ロゼル次第ですわね。でも戦争が終わって、ロゼルが負けた後でも公爵のお立場は微妙でしょうね。敗戦国の血が混ざっているんですもの」

「どちらにしても今回の戦争で、お立場が悪いのは確かですわねぇ……」

「あら、そう仰っていても、お近づきになりたいんじゃありませんの？」

「そういうあなたもご一緒でしょう？　あの若さで正宗公爵家の当主でもあり、陸軍少将でもいらっしゃるのだから、お相手としては充分ですわ」

陸軍少将――。

綾瀬はふと耳に入ってきた単語に顔を上げた。少将といえば、軍部でも閣下と呼ぶべき階級でもある。そんな高官であれば鳴沢を救えるかもしれないと急に思い立ったからだ。

だがすぐに思い直した。綾瀬伯爵である父がいればまだいいが、次男という立場である自分が、とても初対面で声をかけていい相手ではない。下手に声をかけたら、あちらの機嫌を損ねるか、父の顔に泥を塗ることにもなりかねない。

私には何もできないのか――。

鳴沢をどうやってでも救いたいのに、何もできない己の無力さに改めて悔しさを覚える。

鳴沢一人の命なら自分の力で救えると思い込んでいた自分の思い上がりが恥ずかしい。

綾瀬は溜息をつくと、会場から繋がっているバルコニーに出た。

バルコニーからは蕾が薄桃色に膨らんだ桜の木が何本も見える。今年は春になるのが通年より少し遅く、桜の蕾がやっと最近膨らみ始めたのだ。

そんな季節なので、熱気に溢れた会場とは違い、夜はまだひんやりと冷たい。

自分の不甲斐なさに対する憤り、そして鳴沢を救おうと焦る思いを鎮めるにはちょうどよい冷たさだった。

綾瀬はバルコニーの端まで歩くと、ロゼルの国境付近の方向に目を遣った。

ロゼルとの国境まで車で五日間ほどかかる。大和帝国は神風の国とも言われ、地上千メートルより上空は突風が吹き荒れているため、飛行機を使うことは不可能なのだ。

そのため自国の戦闘機も飛ばせないが、敵国の戦闘機が領空に侵入することはなく、未だ一進一退の攻防戦が国境近くで行われている。

あの地平線のどこかで多くの兵士が、そして鳴沢が命を懸けて戦っているのだと思うと、胸がきつく締めつけられ、叫びたくなった。だが。

「綾瀬伯爵家のご子息だったかな？」

今にも叫びそうになったところに、後ろから声をかけられた。聞き覚えのない声に綾瀬は静かに振り返った。

「っ……正宗閣下」

そこには今しがた、ご婦人方から秋波を送られ話題にされていた正宗征一郎が立っていた。遠巻きで見るよりも近くで見たほうが、彼の美丈夫ぶりがずっと際立っている。綾瀬でさえもつい見惚れるほどだ。

「ほう……私のことをご存知か」

正宗は両手にシャンパンを持ち、綾瀬がいる場所へと近づいてきた。

「閣下を知らぬ者は軍の中にはおりません」

綾瀬は姿勢を正し、敬礼をした。

「ここは軍ではない。敬礼は不要だ」

「申し訳ありません」

正宗は少将でもあるが、公爵家の当主でもあるのだから、こういった社交界では貴族としての振舞いで接したほうがよかったようだ。綾瀬は慌ててこめかみに当てた手を下げた。

「ところで、君はこんなところで壁の花ではなく、バルコニーの花になっているのかな」

綾瀬とは初対面のはずなのに、正宗は気さくに声をかけ、そしてシャンパンのグラスを差し出してきた。綾瀬は躊躇しながらもグラスを受け取った。

「花だとは、とんでもありません。閣下こそこちらにいらして宜(よろ)しいのでしょうか？」

恐縮しながらも答えると、正宗が品定めでもするかのように、綾瀬を見つめてきた。

「あ……あの」

「噂通り、社交界の華と言われるだけのことはあるな、氷の姫君」

「っ……それをどこで」

氷の姫君とは陸軍大学校のときから、裏で囁かれている呼び名だ。誰も表立っては口にしないはずの呼び名であるのに、それを知っている正宗に驚きを覚えた。

「君の噂話は陸軍大学校時代も含め、いろいろと以前から耳に入っていたからだ。気にするな」

正宗はそのままバルコニーの手すりへと躰を預けた。そしてシャンパングラスに口をつける。一つ一つの動作が洗練されていて、目を惹きつけられずにはいられない。綾瀬はつい、彼をじっと見つめてしまった。すると、こちらを向いた正宗と視線が合った。思わずドキッと綾瀬の鼓動が大きく跳ねる。

そんな綾瀬の様子を見てなのか、彼の双眸がわずかに細められ、笑ったような気がした。

その笑顔に目が釘づけになり、躰が金縛りにあったように一瞬動かなくなる。

なんだ……これ。

初めての感覚に戸惑いを覚えるしかなかった。

「どうした？」

黙ったままの綾瀬に正宗が尋ねてくる。

「いえ……閣下に初めてお会いしたので、少し緊張をして……失礼いたしました」

綾瀬は震えそうになる手でシャンパンを口にした。爽やかな気泡とともに、綾瀬の喉を潤す。少しだけ気が落ち着いた。

「ところで、いろいろ耳にする君の噂話の中で、君が軍に影響力のある人物を探しているというのがあるが、本当かな？」

え……。

綾瀬は再び正宗に視線を戻した。

「私なら君の力になってやれるかもしれないぞ？」

鳴沢のことを今なら言えるかもしれない……。

綾瀬は逸る心を抑えながら、正宗に一歩近づいた。

「実は私の親友の助命を多くの方に願っているのです」

「助命？」

正宗の片眉がぴくりと跳ね上がる。その様子を目にし、言葉を続けるのを臆したが、それでも綾瀬は今しかチャンスがないと己を奮い立たせ言葉を続けた。

「私の陸軍大学校時代からの親友に鳴沢一樹という軍曹がおります。現在ロゼルの国境付近に出兵しているのを、どうにかして、この帝都に戻すことはできないか、ご相談を持ちかけているのです」

「一度出兵したものを一個人の願いで呼び戻すことは難しい。大体、多くの国民が自分の家族だって戻してほしいと願っている。その中から君の願いだけ聞くことはできない話だな」

冷たく突き放される。だがそれも想定内だ。綾瀬はさらに強く押した。

「そのことは重々承知しております。自分が卑怯なことを願い出ていることも知っています。ですが、それでもすべてがわかっていても、親友を……鳴沢を助けたいのです」

言い終わると、綾瀬の顔をじっと見つめていた正宗の瞳の奥に暗い影が落ちたように見えた。それがどういう意味なのかわからず、その目を見返していると、正宗が尋ねてきた。

「君と鳴沢という男はどういう関係だ？」

親友だと言ったはずなのに、正宗はそんなことを尋ねてきた。

「親友です」

嘘ではない。恋心を抱いているが、親友であることは間違いない。綾瀬は躊躇うことなく、きっぱりと答えた。だが。

「親友なら頑張って行け、と励ますのが普通じゃないのかな。親友との別れは軍の中でも大勢の者が体験している。だが、君のようにあちらこちらに奔走する輩はあまり見たことがない。必要以上に君がその親友とやらに執着しているように感じるのは、私の穿った見方だろうか」

「っ……」

　正宗に正面から射抜かれるように見つめられ、咄嗟に視線を外してしまった。これでは何か疚しい想いがあるのかと勘繰られてしまう。

「はっきり言いたまえ。恋人なのだろう？　その鳴沢とかいう男は」

　さらりと綾瀬の心にある愛情を読み取ってしまう。だが簡単に肯定するわけにもいかない。伯爵家の名前にも鳴沢の家の名前にも傷はつけたくなかった。

「ち……違います」

「私は嘘つきは嫌いだ。ましてや今から取引をするかもしれない相手だとしたら、なおさらだ。それでも君が嘘をつくならば、話はこれでおしまいにしよう」

　正宗はバルコニーの手すりから躰を起こし、歩き始める。もう会場に戻るのだろう。

　あ……。

　綾瀬は瀬戸際に立たされたような気分に追い込まれた。もしかして鳴沢の命が助かる糸口が見つかるかもしれないと思うことも、迂闊さに拍車をかける。

「こ……恋人では、ありませんっ。私が勝手に憧れているだけです！」

　自分の想いをそれ以上口にすることはできなかった。憧れという言葉が精一杯だ。

「憧れ？　また可愛らしい想いだな。恋人ではないのか？」

「恋人ではありません。それは本当です。このことで鳴沢に迷惑はかけたくありません」

心臓がぎゅっときつく鷲摑みされたような痛みを発する。自分の想いが鳴沢に迷惑だとわかっているのに、目の前の男に告白してしまう自分を、どう取り繕えばいいのかわからない。焦れば焦るほど言葉が出てこなかった。

綾瀬が言葉を見失っていると、スッと正宗は双眸を鋭くした。

「――帝都に戻すことはできないが、戦地で後方支援に配置することは可能だ。だがそれも特別な措置だから他言は一切無用となる」

「え――？」

いきなり発せられた言葉に頭がついていかず、呆けた声を出してしまう。

「君からの私への見返りはなんだ？」

「あ……」

ようやく頭が話題についてきた。信じられないことだが、今まで多くの人から断られてきたことを、正宗が現実にしてくれる予感がした。

「私が父から生前贈与で貰っている株券の配当金、または場合によっては株券そのものをお譲りするというのはいかがでしょうか？」

綾瀬は次男であるので家を継ぐ可能性が低い。そのため父からは結婚しても綾瀬が困らないようにと、二十歳の成人式の際、生前贈与を受けた。そのお金と引き換えに鳴沢を救ってもらおうと考えていたのだ。だが、正宗から返ってきた答えはこうだった。

「悪いが、金はうんざりするほどある」

「あ……」

「金などで私を動かすことはできないな、綾瀬君」

「では、どうすれば……この取引に」

「君の躰だ」

「え……？」

何かの力仕事であろうか。

「体力には自信はありますが、軍での任務に支障が出ると困ります」

「体力には自信があるか、頼もしいな。夜もさぞかし満足させてくれそうだ」

「夜？」

もしかして最前線に鳴沢の代わりに行けということだろうか。敵の目を誤魔化(ごまか)すために、夜の作戦が多いと聞く。

今ひとつ要点がわからず、綾瀬は窺(うかが)うように目の前の男の顔を見上げた。

「知的で美人だと言われているわりには、意外に鈍いんだな。はっきり言わないとわからないのも困りものだが、仕方ないか。君が私の愛人を立派に務め上げてくれれば、その男の命を救う手助けをしてやろうと言っているんだが？」

「あ……いじん？」

とても男性が男性相手にするようなことではない。

「留学先で、いろいろと遊びを覚えてね。性の玩具（がんぐ）というべきものを、同意の上で使える愛人を探そうと思っていた」

彼の禁欲的で男らしい外見からはとても想像できないような言葉を連ねられ、綾瀬は固まった。

「あ……あの……それは」

「別に答えは急がない。彼の命がどうなろうと興味もないからな」

正宗は言いたいことだけ言うと、会場へと戻っていってしまう。綾瀬は慌てて彼の背中に声をかけた。

「どうしてそんな酷い条件を……」

すると彼が振り向いて小さく笑った。

「酷い？　どちらが酷いのか。他の男を愛している男を抱くんだ。本来、そんな興醒（きょうざ）めなことはない。なら私にもそれなりに愉しめる要素が付加価値としてついていないと、ただの貧乏くじと変わらないだろう。だが、この取引を成立させるかどうかは君次第だ。君が嫌だと思えば断ればいい」

そんな……。

学生時代から男性に懸想されることはあったが、それでも綾瀬は断固として男性と性行為に及ぶことなどなかった。

してもいいと思ったのは鳴沢だけだが、別にそれほどしたいとも感じていなかった。

それを……。愛情の欠片もない男と寝られるのだろうか。

男同士の経験もなく、未知の体験をし、しかも鳴沢に二度と顔向けできないような『愛人』という立場になることに抵抗を感じずにはいられない。

綾瀬が黙ると、正宗は再び笑みを口許に浮かべ、言葉を発した。

「君がどうするか決めろ」

そう言って踵を返し、二度と綾瀬の方を見ることもなかった。

＊＊＊

そして綾瀬は後日、その取引に応じたのだった。

だから今こうやって正宗の愛人として扱われているのも、自分で決めたことだ。彼を恨んでも仕方がないと思うしかない。

「エメラルドでも深い緑を調達した。お前の黒い髪と真珠色の肌に映えるはずだ」

そんなことを言って正宗が綾瀬に首輪を取りつけたのも、そう思えば耐えられることだった。

綾瀬は心に枷（かせ）をつけられたような気がしながらも、そのまま正宗に連れられ、突き当たりの部屋へと入った。薄暗い部屋に、何かが蠢（うごめ）いている。

っ……。

何度来ても一瞬息が止まりそうになる。部屋の中は遊郭にでも来たのかと思えるほど、淫靡（いんび）な空気が流れていた。

人が近くにいようが気にせず睦（むつ）み合う者、それが二人ではなく、三人、四人で絡むグループもある。相手も異性とは限らず、同性同士で行為に至る者も多数いた。

部屋にいる人間の半分以上が裸になっており平然と痴態を晒している。

綾瀬は思わず目を伏せた。ただ快楽を追う人間を見ていると、自分が正宗に抱かれている姿を見ているようで居たたまれなかった。

人間として一番醜いものを見せられたような気がする。

「綾瀬、こちらだ」

正宗が慣れたように部屋の奥へと進んでいく。左右にあるボックス席のあちらこちらからは、嬌声（きょうせい）や苦しげな呻（うめ）き声など、さまざまな声が聞こえてくる。そんなところを、脇見をしないようにし、綾瀬は正宗の背中だけを見つめ進んだ。

やがて部屋の奥に真っ黒に塗られたドアが現れた。両脇には屈強な躰つきの男たちが立っており、正宗に気がつくと、すぐに頭を下げ、ドアを開けた。いわゆる特級貴賓室だ。

秘密の特別室は選ばれた人間しか入れないが、さらにこの特級貴賓室に入れる人間はその中でも限られていた。

特級貴賓室は今通ってきた薄暗く無機質な部屋とは違い、洒落たクラブのような造りとなっている。間接照明でやはり薄暗いが、広々とした場所にぽつんぽつんと大きなソファーセットがあるような感じで、中央は床が一段高くなり、ちょっとしたショーができるようになっていた。

二週間ほど前、この舞台で綾瀬は正宗相手にショーを強要された。

正宗に騎乗位を強要され、観衆の目の前で腰を振り、正宗を欲しがる様子を披露させられたのだ。自分だけ真っ裸にされ、正宗はトラウザーズの前を緩めただけの状態で、淫らに抱かれた。

そのときのことを思い出すだけで、屈辱とそれ以外の何か得体の知れない痺れが湧き起こり、躰の芯が熱を生む。それによって貞操帯で締めつけられている下半身がひくりと蠢くのを感じずにはいられなかった。

己の躰の変化を認めたくなくて、綾瀬は慌てて舞台から目を逸らした。そこに突然声がかかった。

「おや、正宗じゃないか。珍しい顔がやってきたな」

「真田、君は相変わらず元気そうだな」

真田とは真田侯爵家の嫡男で、正宗とはかなり気が合うようで、以前からプライベートでも外で酒を飲んだりしている友人だ。

「戦争をおっぱじめたから、忙しくてなかなか来られないのかと思っていたが、二週間前くらいに、結構ここで派手に遊んでいったそうだな」

真田がそう言いながら、ちらりと綾瀬の顔を窺ってきた。綾瀬はポーカーフェイスを保つのが精一杯で、目を伏せて彼の視線から逃げた。

「少しハメを外しすぎたかもしれんが、そのときは白崎中将閣下がいらっしゃって、これの痴態が見たいと仰ったんだよ」

これ、と言って綾瀬のほうへ正宗が視線を遣る。

綾瀬も、思い出したくない二週間前のことを振り返らざるを得なくなった。

ここで二週間前、軍部の中枢の一人ともいえる白崎中将に出会い、綾瀬を抱くか、または綾瀬の抱かれる姿が見たいと言ったのが始まりだった。

相手は中将閣下だ。綾瀬に拒否権などない。だが、綾瀬はどうしても中将には抱かれたくなかった。自分の意見が通るとは思わなかったが、綾瀬は抱かれたくないと相手に聞こえないように正宗に訴えた。

すると、いつもなら綾瀬の嫌がることを進んでしようとする正宗が、そのときだけは綾瀬の願いを聞いてくれた。しかも中将だけでなく、他の男にも綾瀬が抱かれないように配慮し、なんと自らも舞台へと上がったのだ。

正宗が余興でショーに出るなどとは前代未聞とのことで、大勢の観客が沸いた。

さすがにこれは綾瀬も信じられなかった。正宗がショーには出ないというスタンスを綾瀬のために変え、参加したのだ。驚かずにはいられなかった。

綾瀬が普段思っているより、実は彼に大事にされているような錯覚さえ抱いてしまう。

舞台の上ではひどく淫らに喘がされた。お預けもいつもより長く、綾瀬は狂おしいほどの欲望と強烈な快感に理性を失い、乱れ狂った。

確かに、こんな姿を晒させる正宗を憎いとは思ったが、他の男に抱かれずに済んだこと、そして常に正宗がリードし、綾瀬に雑音が聞こえなくなるほどの快感を与えてくれたことに安堵したのも事実だった。

綾瀬は二週間前の出来事を思い出すたびに、正宗の裏に隠された優しさみたいなものを垣間見た気がして、落ち着かなくなる。そしてそんなはずはないと、自分をどうにかして言い聞かせたくなるのだ。

あのとき、私のために参加した――？

そんなはずはない。彼のちょっとした気まぐれだ。

もし綾瀬を他の男に抱かせたくないのなら、最初からこういう場所には連れてこないはずだ。

そう言い聞かせ、正宗に情が湧かないようにセーブする自分が滑稽にさえ思えてくる。自分がどんなに自信過剰な男なのか、恥ずかしくなる。正宗のような男が、こんな他の男のために身を堕とす綾瀬を好きになるはずがない。

自分の考えを振り切ろうと、綾瀬は小さく頭を振り、再び正宗と真田の会話に耳を向けた。

「正宗、お前がショーに出るなんて……まあ、綾瀬君の威力は凄いな。こんな不遜な男を動かすとは、恐れ入ったな」

「何が言いたい?」

正宗が鋭い瞳で真田を睨むが、真田はわざとらしく驚いた表情で話してくる。

大体、真田は勘違いをしている。綾瀬が彼を動かしたわけではない。正宗は白崎中将閣下に命令されたから、仕方なく動いただけだ。

綾瀬はそう心の中で自分にも言い聞かせながらも、ただ黙って正宗の後ろに控え、揶揄ってくる真田を無視した。

「美人で、躾もできているし。正宗、お前はいい愛人を探してきたよな」

真田の声に正宗は鼻を鳴らし、真田のテーブル席へと座った。テーブル席といっても、座るソファーは大きい。ソファーの上で情事を交わしても大丈夫なように、ある程度の広さが確保してある。

「綾瀬」

　正宗は傍に立っていた綾瀬を視線だけで隣に座るように命令してきた。綾瀬は目礼だけして、彼の隣に座った。

「そういえば、真田。お前の愛人はどうした？」

　正宗同様、真田にも男の愛人がいる。侯爵嫡男としては男の愛人がいることをおおっぴらにはできないため、こういう秘密クラブで逢瀬を重ねているのだ。

「ああ、あいつは今、救護室」

「救護室？」

　物騒な言葉に、綾瀬もつい視線を真田に投げかけてしまった。愛人という立場上、主人の会話に無断で入ったり興味を示したりしてはいけないとはわかっているが、真田の愛人である佐々木とは知らぬ仲でもないので、救護室という言葉に心配になった。

「ああ、さっき顔見知りの奴が乱暴な男に襲われて怪我をしたんだ。で、付き添って救護室に行ったんだよ」

　真田が不快そうな表情で答えた。

　ここでは乱交が日常茶飯事だ。正宗がそういったことに興味がないお陰で、綾瀬は経験がないが、複数で交わったり、理解できないプレイをしたりし、時々怪我をする人間も現れる。

正宗がふと綾瀬のほうを振り向いてきた。

「綾瀬、お前は武術一般秀でているが、佐々木君は民間人だ。どこかで男に襲われていてもまずいから、迎えに行ってやれ」

佐々木文也。今話題にしている真田の愛人の男の名前だ。

「わかりました」

綾瀬以外の人物には普段から時々こうやって優しさを見せる正宗に、少しだけ苛つくときがある。自分にもほんのわずかでもいいから、日常において優しくしてほしいと思ってしまうのだ。それはまるで嫉妬にも似た思いだ。

——馬鹿なことを。契約で結ばれた関係だ。そんなことを願う自分が馬鹿げている。

綾瀬は自分の心の隙間に得体の知れない感情が巣食っているような気がし、その部分に蓋をした。溢れ出したりしたら、とてつもなく恐ろしいものが綾瀬に襲いかかりそうな予感がする。

綾瀬は言われるまま特級貴賓室を後にし、救護室に向かおうとした。だが、部屋を出たところで、タイミングよく佐々木と出会った。

相変わらず華奢な彼は、黙っていてもお日様の匂いがするような爽やかな青年だった。とてもこの秘密クラブを利用する客には見えない。

「佐々木さん」

声をかけると、佐々木も綾瀬の顔を知っているので、すぐに笑顔で接してきてくれた。

「あ、こんばんは。綾瀬さんもいらっしゃっていたんですか？」

「ええ、今、正宗に言われて佐々木さんを迎えに……大丈夫でしたか？」

「ありがとうございます」

佐々木は丁寧に頭を下げると、また笑顔を綾瀬に向けた。こんな秘密クラブには似つかわしくないが、彼を見ていると綾瀬の冷えた心も温かさを感じる。

「お知り合いの方が怪我をされたとか……」

「そうなんです。後ろが裂けて血だらけになって……」

佐々木の表情が途端に曇る。

「裂ける……」

肛門を使っての性交はかなりデリケートだ。正宗も綾瀬に無体なことを仕掛けるが、その点はひどく気を遣っているのか、裂けたことはない。認めたくはないが、痛みは最初のうちは多少伴うが、ほとんどが最後は快感に繋がっていくほど丁寧に扱ってくれている。

「その主人が酷い男なのです。男の愛人が痛がって泣く姿が好きだとかいって、今日も複数の男に抱かせていました」

「……酷いですね」

綾瀬の眉間に小さな皺が寄る。そういうシーンをこのクラブに来て何度か目にしているが、気持ちのいいものではない。まるで愛人を所有物のようにして弄ぶ男たちが後を絶たないのが、同じ男として恥ずかしくさえある。だが、正宗の顔を潰さぬようにする手前、正宗が何も注意しなければ綾瀬も黙って見ているしかなかった。

「僕は啓一さんに拾ってもらって、最初は無理やり躰を奪われましたが、今は本当に恋人のように接してくれます。僕のために家まで捨てようとしてくれる彼を、僕は僕なりに大切にしていかなければならないって、いつも感じています。今日傷つけられた彼も、ご主人様にもっと大切にしてもらえたらいいのに……」

啓一とは真田のことだ。綾瀬も見ていてわかるが、彼らは愛人関係といいながらも、お互いに本当に愛し、大切にしている。

「綾瀬さんのところも本当に愛されていますよね」

「いえ……私は愛されているわけではありませんから」

契約上の愛人関係だということを、この青年にはとても言えなかった。

「謙遜されなくてもいいですよ」

彼の言葉に笑って誤魔化すしかなかった。

「僕も正宗閣下と綾瀬さんを見ていると、綾瀬さんは、本当に大切にされているなぁって感じてます」

「そんなことはないです」

　意外なことを言われ、つい、きつい口調で否定してしまった。案の定、佐々木がきょとんとした顔で綾瀬を見つめてくる。

「でも綾瀬さん、躰に傷一つ、つけていたことありませんよね。大事に抱かれているんだなぁって、いつも思っていました。失礼だけど、正宗閣下は少し傲慢な印象があったので、愛人になる人も横柄に扱われるのかなぁって想像してたんですが、実際見てみると、本当に宝物のように大切にされているのがわかって、僕もびっくりしているんです」

「そんなこと……」

　もしそうならば、日頃から綾瀬に貞操帯をつけさせるような惨いことをするだろうか。さらにセックスの最中、道具を使って綾瀬を苛めたりするなんてありえるだろうか。ありえない。

　だが、それをすべて佐々木に言うのも躊躇いを覚え、綾瀬はただ黙って首を左右に振るしか応じることができなかった。

　相変わらず佐々木はにこやかな顔で綾瀬に接してくる。そんな彼の目に自分たちがどう映っているのか、恐くて聞けなかった。

「中で真田様もお待ちです。早く戻りましょう、佐々木君」

「あ、はい……あ、正宗閣下」

「え？」

佐々木の声に綾瀬が後ろを振り返ると、正宗が部屋から出てきたところだった。

「閣下、どちらに」

彼がどこかに行くのなら、綾瀬もついていかねばならない。急いで駆け寄ると、彼が天井を見上げ、ぶっきらぼうに答えた。

「少し外の空気を吸いに来ただけだ」

「そう、ですか……」

具合が悪いのだろうかと、顔を見るが顔色は悪くはなさそうだ。それなら隣の部屋からアヘンなどのクスリの匂いが特級貴賓室に漏れてきているのだろうか。

そんなことを思いながら正宗の隣に立っていると、いきなり彼が綾瀬の二の腕を掴んで引き寄せ、耳元に囁いてきた。

「私と少しでも離れていたいのかもしれないが、こんなところでわざと油を売っているとは……お仕置きが必要だな」

正宗の話す内容が佐々木に聞こえないか冷や冷やし、ちらりと後ろに立っている彼を見たが、彼は目のやり場に困るとばかりに、恥ずかしそうに苦笑しながら立っているだけだ。愛し合っているとか、また誤解をしている様子がわかる。

「佐々木君も早く戻りなさい。真田が首を長くして待っているぞ」

「はい。申し訳ありません」

佐々木が素直に答えると、正宗は綾瀬の腕を離し、さっさと部屋へ戻っていった。

そんな正宗を見てから、佐々木が意外なことを口にした。

「綾瀬さんがなかなか戻らないので、きっと閣下は心配されて部屋の外にまで見にいらっしゃったんですね」

「えっ！」

ありえない誤解に、綾瀬は驚きの声を出してしまう。佐々木の前向きな思考回路に感心さえする。

「……閣下は私が逃げるとでも思われたので見にきただけですよ」

「もしそうだとしても、それだけ綾瀬さんが大切なんですよ」

え……？

佐々木の思わぬ言葉に、改めて彼の顔をまじまじと見つめてしまった。

「大切だから捕まえに来てくれるんです」

「佐々木君……」

「逃げても捕まえに来てくれないときは、寂しいですよ」

佐々木も真田とここに来るまでにいろいろとあったことは想像できる。彼も辛い思いをしたのだろう。そんな節を感じる一言でもあった。

「綾瀬さん、早く戻りましょう。閣下をこれ以上怒らせたら、後が恐いですよ」

それだけは佐々木の意見に賛同できる。綾瀬はすぐに佐々木と二人で部屋に入り、正宗がいるテーブルへと向かった。

テーブルでは真田が何か正宗に言って、それを正宗が嫌そうに受け答えしているのが遠目でもわかった。

なんだろう？

正宗があんなバツの悪そうな顔をするのは見たことがない。

綾瀬が正宗を見つめていると、その横から佐々木が真田に声をかけた。

「真田さん、遅くなってすみません」

「文也、大丈夫だったか？」

「ええ、綾瀬さんが迎えに来てくださいましたから」

部屋のすぐ外で会ったというのに、佐々木は綾瀬を立ててくれるのか、そんなことを口にする。すると真田が笑いを堪えきれずに噴き出した。

「クク ッ……俺は初めて正宗を自発的に動かす人間を見たよ」

「真田」

「おお、恐い恐い。これ以上言うと、俺も命が危ないかもしれないから、黙っていようかな」

「馬鹿らしい」

真田の言葉に正宗が呆れたように返す。どうやら綾瀬の様子を見に行ったことを茶化されていたようだ。

真田や佐々木は正宗と綾瀬の取引のことを知らないのだろう。二人の間には愛はなく、ただ興味で抱いている正宗と、他の男の命を助けるために抱かれている綾瀬の、いびつな関係を知ったら驚くかもしれない。

綾瀬は他の三人が楽しく話しているのを脇で聞きながら、ひどく切ない想いを抱いた。どうして胸がこんなに痛むのだろう。

正宗との取引は自分で納得し承諾したものだ。今さら胸を痛めるなんておかしい。

綾瀬は改めて気をしっかり持ち、堪えた。こんなことで弱音など吐いていたら、鳴沢の命など救えない。人一人の命を救うのだから、それ相応の苦しみはあって当然だ。

「……まったくお前とはまともに話をしていられんな」

正宗が真田に不機嫌そうに告げると、テーブルの上のベルを鳴らした。すぐに洗練されたスタッフがテーブルまでやってくる。

「個室を用意してくれ」

「かしこまりました。どうぞこちらへ」

個室とは、人に見られてはまずいプレイなどをしたり、自分が乱れるのを人に見られたくないという客人に用意されたベッドを主とした個室だ。特級貴賓室を利用できる人間にだけ許され、そういう人間が使うため、部屋は豪華なホテルのような仕様になっている。

正宗はグラスの酒を一気に飲み干し、綾瀬の手首を摑むと立ち上がる。

「綾瀬、先ほども言ったが、お仕置きだ」

「え……」

確かに先ほど言われたが、久しぶりに友人の真田と会ったというのに、しっかりと話もせずに、今ここでそんなことをされるとは思ってもいなかった。

「まったく寵愛がすぎるぞ、正宗」

真田が笑いながら揶揄ってくるが、正宗も平然と言い返す。

「愛人が粗相をしたときは、きちんとその場で躾けるのが、私のやり方だからな」

「なるほど……では俺も邪魔者がいなくなったから、可愛い恋人といちゃつくことにしようか」

そう言いつつ、真田も隣に座っていた佐々木の腰を、いやらしい手つきで触り始めたのだった。


「ああっ……」

月の光も届かぬ特別に誂えた密室に、綾瀬の掠れた声が漏れる。それと同時に鎖の擦れていた。

る音も響く。綾瀬の首輪には鎖がつけられており、逃げられないようにベッドに繋げられ

「もっと素直に声を出せ、綾瀬少尉」

これ以上ないくらい両足を左右に押し広げられ、奥の奥まで正宗を受け入れさせられて

いた。数時間前から何度も正宗を受け入れているそこは熱を持ち、疼痛を覚えたのも束の

間、深夜を過ぎた頃には、痛みの感覚さえなくなっていた。ただあるのは躰の底から溢れ

る快感だけだ。

「あっ……」

綾瀬は首を左右に振り、正宗の命令に従えずにいた。首を振るたびに、鎖のジャラジャ

ラという音が耳についた。そのたびに自分が奴隷であるような気分になり、みじめになる。

「声を出すんだ」

男である自分が嬌声を上げることなど、どんなに快感に溺れようがプライドが邪魔をし

てなかなか出せない。

「強情だな」

正宗の冷めた声とともに機械音が大きく響いた。

「あああっ……」

綾瀬の下半身に細いピンクのコードを巻きつけて固定されている楕円形の玩具が、より

大きく唸り震えだした。

「や……やめて……くださいっ……か、閣下！　ああっ」

玩具ごときつく縛り上げられた下半身は、射精を促されても勝手に達けないようになっている。それを手で外そうものなら、さらにきついお仕置きが待っており、綾瀬はされるがままになるしかなかった。

下半身を玩具で刺激されながら、同時に正宗に抽挿を激しくされる。前と後ろを同時に責められ、綾瀬は泣きじゃくった。

「あっ……あああっ……もう、もう……」

「私をもっと咥え込め。まだだ、まだ足りないはずだ。もっと腰を振ってみろ」

首輪に繋がる鎖を摑み上げられ、引き寄せられる。

「あっ……ま、正宗……閣下……っ」

焦点が定まり切らない瞳で自分を組み敷く正宗を見上げる。凜々しく、社交界でもご婦人方に人気のある彼が、綾瀬を欲望の捌け口としているのが信じられなかった。

彼のどこにこんな荒々しい情欲が隠れているのか、今抱かれている綾瀬さえも見つけることができないほどだ。普段は鋭い瞳を持つ寡黙な男であるのに。

ふと顎に彼の指が触れる。

「何を考えている？　私に抱かれながら鳴沢軍曹のことでも考えていたのか？」

正宗のことしか考えていなかったのに、時折、こうやって鳴沢のことをセックスの最中に持ち出しては、わざと綾瀬をひどく傷つけてくる。

「私ともあろう者が、他の者の代用にされるとは、悲しいものだな」

悲しいとは露ほども思っていないくせに、正宗はそんなことを言うと、ベッドに仰向けになっていた綾瀬を無理やり、自分の膝の上に抱え上げた。

「つっ……ああっ……」

正宗の欲望を抜かずに動かされた綾瀬の口許からは、悲鳴にもとれる声が漏れた。だが、逃げたい心とは裏腹に、自分の体重もあり、より深く正宗を咥え込んでしまう。さらに鎖が引っ張られたせいで首輪もやんわりと締まり、息苦しくなった。だが、意識が朦朧とするのと反比例して快感は大きく増し、綾瀬を肉欲の塊へと追い落としてくる。

「あああっ……」

前を縛られたまま、射精せずに達く。何度もこうやって精を出すことを許されず、長い間いたぶられていた。

「やはり思った通りだ。上気した肌にエメラルドがよく似合う」

正宗が愛おしそうに囁いてきたが、綾瀬にとっては、そんなことよりも早く前を解放してほしかった。

「あっ……あ……前を、お願いです。前をとってください」

　正宗の肩にしがみつきながら懇願する。もう気が狂いそうだ。

「私が一度達ってからだ……っ」

　瞬間、綾瀬の最奥で飛沫が弾け飛ぶ。一晩かけて、ようやく正宗が達ってくれた。これで長い苦痛から解放される。

「あっ……やっ……溢れるっ」

　一回の量が多く、下から貫かれた状態の綾瀬の臀部から、正宗の精液が重力の法則に従って溢れ出す。まるで粗相をしているかのようにも見える状況に、綾瀬は身を捩って膝から逃げようとした。

「だめだ、全部私のものを受け止めよ。それが愛人の務めだ」

「あっ……」

「もっと尻に力を入れて締めろ。全部出してしまうつもりか」

　ぎゅうっと双丘を鷲摑みされ、中央に寄せられる。よりリアルに正宗の欲望を体内に感じ、綾瀬の躰に官能の火が灯る。

「主人の種はお前にとっては宝だ。その身ですべて受け止められないようではお仕置きが必要だ」

「あっ……」

酷い言葉に涙が零れそうになるのを、きつく目を閉じて堪える。すると鎖を引き寄せられ、耳朶を嚙むようにして囁かれた。

「お仕置きをしてくれと、懇願してみろ」

甘い誘惑だった。懇願すれば、この苦行から解放されると思えば、言葉の内容など深く考えることができなくなっていた。言われたまま口にしたくなる。それに自分は性に忠実な奴隷なのだ。彼の言葉に従わなければ、鳴沢の処遇がどうなるかわからない。

「お仕置きをしてください……閣下」

快感で震える唇で言葉を紡ぐ。

「まったく……お前を悦ばすだけだな」

正宗は自分の欲望を綾瀬から抜き、膝からどかすと、綾瀬をベッドヘッドに凭れさす。

快感で頭の芯がボウッとしている綾瀬はされるがまま、裸体をベッドヘッドに預けた。人形のように力の抜けた躰に、綾瀬の下半身だけが、しっかり頭を擡げ存在を主張している。正宗はその張り詰めた綾瀬の下半身を縛る玩具のコードを解き始めた。

「コードを解いたからといって、簡単に達くな。我慢しろ」

「っ……」

今にも前を爆発させそうな綾瀬には過酷な命令だった。だがこの命令にも従わなければならない。

「……わかりました、閣下」

我慢に我慢を重ねた下半身の先端からは、すでに精液が滲(にじ)み出ていたが、それでも綾瀬は自分の指で下半身を締めつけ、吐精しないようにした。

「いい子だ、少尉。さすがは帝国軍人だけある。我慢強いな」

背筋が痺れるほど甘い声で耳朶に言葉を吹き込まれる。それが彼の罠(わな)だと知っていても、堪えるしかない。

「褒美をやろう」

そう言って、今綾瀬の下半身を縛りつけていた玩具を、今度は後ろの蕾に挿入した。

「あっ……」

躰の中から湧き起こる振動に耐えきれずに、とうとう射精してしまった。どくどくと溢れ出す体液は、一度出てしまうと容易に止めることはできなかった。

「あっ……あああっ……」

「凄いな、少尉。私の腹まで飛んできたぞ」

正宗の贅肉(ぜいにく)のない引き締まった腹に、白濁した液体が飛び散っていた。それを正宗は手で拭(ぬぐ)うと、綾瀬の頬に擦りつけてきた。

「お仕置きの途中だというのに、気持ちよくて仕方がないのか？」

「あ……はい」

綾瀬は正宗の顔を見ることができず、視線をベッドに落とした。自分のものなのか正宗のものなのかわからない精液が、シーツに大量に零れているのを目にし、居たたまれなくなる。だが、それもすぐにまた正宗の顔を見上げることになる。

「あっ……」

綾瀬の中に挿れた玩具を正宗が指で内壁に押しつけてきたのだ。弱い場所をすでに熟知されているため、押しつけてきた場所は綾瀬の理性を簡単に失わせる。

「あああっ……閣下、そこは……そこは、どうか、おやめくださいっ……はあっ」

「ここが一番好きなくせして、嘘を言うな。命令だ。後ろだけで達け。一切、前を触ることは許さない」

「か……っか」

正宗が綾瀬の蕾から指を抜くと、素早く綾瀬の両手を摑む。そのまま綾瀬の背中に回したかと思うと、玩具のコードで手錠のように縛りつけた。

綾瀬は後ろ手で縛られたがため、触りたくても自分では触ることができない。

「あっ……」

後ろに挿れられた小さな玩具がじわりじわりと熱を持ち、綾瀬を追い詰めてくる。

「私は疲れたから、ここで見学でもしていよう」

正宗はそう言ってベッドから下り、ソファーへと移った。

「閣下……」

とてもではないが、まだ機械だけでは達けない。正宗の愛人となって数ヶ月。いろいろと仕込まれたが、それだけはまだ無理だった。前を触ることを禁じられるならば、正宗自身で躰の奥を強く擦ってもらわなければ達けなかった。

「閣下……ご慈悲をっ……」

「だめだ。私はお前を甘やかしすぎたと反省しているところだ。いい加減、一人だけで達けるようになれ」

「あっ……」

腰から突き上げるような快感に、シーツへと沈みそうになる。だが、それでも玩具だけの振動では快感が足りず、綾瀬は腰を揺らして自ら感じるように努力した。

「足を開け、少尉。先日も言ったはずだ。私に達くところを見えるようにしろ、と」

「あ……申し訳ありませんっ……ああっ」

玩具の振動がさらに大きくなる。だがやはり達けるほどの快感はまだ得ることはなかった。

「あ……っ……」

綾瀬はとうとう最後の手段をとることを決意した。こういうときはどうしたらいいのか、以前に正宗に教えられていた。

綾瀬は正宗に臀部を向け、ベッドの上に四つん這いになった。手は背中で縛られているので、頬をシーツに擦りつけ、玩具のコードが垂れ下がる臀部を高く上げる。

「閣下……どうかご慈悲をくださいませ……」

どうしても欲しいときは懇願しろと教えられていた。そして卑猥な言葉をたくさん言わされるのである。

「人に物を頼むときは、私が挿れやすいように、孔を広げて見せろと教えておいたはずだが？ その縛られた手でも、尻までなら届くであろう」

確かに言われる通り、綾瀬の手は孔まで届いた。羞恥に身を震わせながら、綾瀬は己の双丘の狭間に潜む、小さな穴を指で広げて見せた。中で玩具がずれるのがわかる。

「この熱く疼く場所に……どうぞ閣下のご慈悲を……っ」

「挿れてほしいのか？」

正宗は己の下半身を手に取り、綾瀬の視界に入る場所まで近寄ってきた。思わず綾瀬は頷いた。

「挿れてください……お願いします。どうか挿れて……っ」

シーツに顔を埋め、悪夢を終わらせるべく叫ぶように懇願する。

「人にお願いをするときの言葉も教えたであろう？」

正宗の口許に意地悪な笑みが刻まれる。綾瀬は彼に憎しみを感じながらも、命令されるがままに、淫らな言葉を言わされる。

「はい……閣下のそれで……私を、犯してください……」

「違うだろう、少尉。言葉が足りないな。それともわざと言わずに、その状態を愉しみたいのかな？　苛められるのが好きだからな、お前は」

　苛められることなど好きなはずはない。だが、違うと首を横に振って抗議しても、綾瀬がそうやって嫌がる様子も正宗には愉しいらしく、喜ばせるだけだった。

　綾瀬の頬が羞恥と悔しさにさらに赤く染まる。しかしきつく閉じる瞼の裏に浮かぶのは、在りし日の鳴沢だった。

　今彼が戦場で置かれている立場を思えば、こんなことなど耐えられる。

「私の奥まで何度も突いて……閣下、私を犯してください。な、中をっ……ああっ」

　いきなり正宗が獣のように襲いかかってきた。コードを引っ張り玩具を抜かれたかと思う間もなく、彼の楔（くさび）が打ち込まれた。

「ああっ……」

　背後からのしかかられ、シーツにくずおれそうになるのを正宗に腰を抱かれ、貫かれる。

「はっ……はっ……ああ」

「少尉、私から逃げようとしても無駄だ。もし私のもとから逃げても、お前の罪はあの男、鳴沢軍曹に償ってもらう」

逃げる――？

どうして。逃げることなど私にはできはしないのに――。

そんなことを口にする彼の想いがわからない。

綾瀬は意識が途切れそうになりながらも、激しく揺り動かされ、彼が再度、果てるのを待つしかなかった。

温かい湯が綾瀬の頰を濡らす。激しい行為の後は、いつもこうやって正宗が綾瀬の躰を洗ってくれる。

躰を洗うと大きなタオルに包まれ、抱きかかえられ部屋に連れていかれる。

綾瀬をそっと椅子に座らせると、正宗が足元に跪き、身の回りの世話をしてくれた。まるで立場が逆になったような錯覚に陥る。

どこか傷ついたところがないか、正宗は綾瀬の躰を拭きながら丹念にチェックする。ふと踵の擦り傷に気づいたようで、足を軽く持ち上げられた。

「踵が擦れているな。どうした」

「靴を新調したので、靴擦れかと……」

「お前の綺麗な躰に無闇に傷をつけるな。明日、お前に合った靴を調達しよう」

そう言いながら、綾瀬の踵に正宗は口づけをした。まるで綾瀬に傅（かしず）いているようだ。

「閣下……」

愛されているような、そんな錯覚を胸に抱いてしまう。どうしていいかわからずにいると、再び上質な柔らかいコットンのタオルで躰を拭かれる。

「風邪（かぜ）をひかれては困るからな」

先ほどまでの行為とはまったく違って、優しく労（いた）わるように綾瀬の躰に触れてくる。

綾瀬の使う生活用品は何から何まで、正宗によって一流品が揃（そろ）えられていた。

以前恐れ多いと断ったことがあったが、愛人の世話は主人の務めだと言い、正宗は丁寧に綾瀬の手入れをしてくれた。

髪をドライヤーで乾かし、ブラシで梳（す）かれる。あまりの心地よさにうとうとしていると、柔らかな吐息が頭上から降ってきた。正宗が笑ったのだ。

「寝るなよ、もう少し我慢していろ。髪をきちんと乾かしたらベッドに連れていってやる」

綾瀬はこくんと小さく頷く。自分がまるで小さな子供になったような気さえした。

酷い行為を強要されているというのに、その相手に対して、こんなに安心感を抱く自分が信じられない。自分は一体、どうなってしまったのだろう——。

ただ、その答えを探す勇気が、今の綾瀬にはなかった。

■ Ⅱ ■

翌日、綾瀬は妹の冬子（ふゆこ）から、手紙が届いているという連絡を貰っていたこともあって、長谷部男爵家のパーティーで正宗と夜を過ごした後、許可を得て実家へ戻った。

実家は帝都でも、名だたる旧家が建ち並ぶ閑静な住宅街にある。神風の加護によって戦闘機が飛べず、空爆されないこともあり、戦争が始まっている最中でも普段とあまり変わらない静けさであった。それに繁華街や下町と違って、平民が少ないせいか、往来する人々を見ていても、どこか戦争とは無関係のような雰囲気さえある。

神によって守護されし帝国は、それゆえに守られている人間がそれを享受することに慣れすぎ、ゆっくりと中から腐っていっているのかもしれない。

特にそれは支配者階級に顕著に現れ、平民との意識の差を大きくしていた。

何があっても、大和帝国が敗退することはないと、特権階級の誰もが根拠もなく、心のどこかでそう信じきっていた。

だが綾瀬の家のように、同じ貴族でも商売をしなければ成り立たない家もある。国外と商売をしているせいもあり、恩給だけで生活している大貴族よりは、世情に詳しい。

今回の戦争が予想よりも長引いていることに、父や兄は懸念を抱いていた。

綾瀬が戻った折、ちょうど家にいた父に、顔を見るやいなや書斎へと呼び出された。

「戦況はどうだ？」

書斎にある海外から輸入した革張りのカウチは父のお気に入りで、家族以外には座らせない特別なものだ。いわば、父が家族のために職人に作らせた特注のカウチである。子供の頃から綾瀬はこのカウチに慣れ親しみ、家族の思い出が詰まっているものでもあった。

そこに綾瀬を座らせると、父が神妙な面持ちで尋ねてきた。父も大体はわかっているのだろう。

本来、我が軍が有利だと一般には言うように、軍の上層部から指示されているが、綾瀬は父には偽りなく話した。

「正直、あまり戦況は芳しくありません。兵士たちの戦闘意欲も下がっており、以前のような団結力もない状態です」

原因はわかっている。貴族と平民の身分による待遇の格差だ。今の皇帝になってから、その差がさらに顕著になり、国民の大多数が不満を持ち始めていた。

いつからこんな国になったのだろう。

綾瀬がまだ小さい頃は、国民にもっと活気があり、国を守ろうという意欲があった。

「……やはりそうか。皇帝の周囲では我が国が有利であることを強調されていたが、あれは国民が海外へ逃亡しないようにするための、嘘なのだろうな」

世情に聡い貴族や平民は外貨を稼ぎ、国外脱出の準備を着々と整えている。それを牽制するための方便だろう。国から国民が逃げていると風評が流れれば、国全体の士気に関わる。

「皇帝が国外への渡航を制限し始めた。我々も商売に支障をきたすようになる。それに外からの情報も得にくくなり、ますます井の中の蛙だ」

「あまり目立った動きをなさらずに、国外脱出の準備をされておいたほうがいいかもしれません。我が国が負けるとは思っていませんが、万が一ということもあります」

そう言いながらも綾瀬の心が軋む。この国が負けることを、自分も心のどこかで予感していることを感じずにはいられない。

鳴沢と、この国をよい国にすると約束を交わしたのは、ほんの数ヶ月前のことだったのに、もうずいぶんと昔のような気さえした。

あの頃には二度と戻れないのだ――。

国も二人の立場もいずれは変わっていくだろう。もし鳴沢が無事に帰ってきたとしても、綾瀬はこの先、正宗の愛人として過ごしていたことを彼に隠し続けなくてはならない。それがどれほど苦痛を伴うことか、今の綾瀬には想像ができないが、素知らぬ顔で彼の傍にいられないことも理解していた。

そう遠くない未来、鳴沢と別れる日が来るのかもしれない——。

胸を貫く悲しみに耐えようと、視線を父から窓の向こう側に見える庭へと移す。春先の庭は光に溢れ、桜をはじめ多くの春の花が美しく咲き乱れていた。

とても戦争をしているとは思えない光景だった。

「春高」

父に名前を呼ばれ、綾瀬は視線を父に戻した。

「死に急ぐな」

父が綾瀬の態度から何かを感じ取ったのか、そんなことを低い声で呟いた。

「私からも、お前の出兵が少しでも遅れるようにいろいろと多方面にお願いをするつもりだ。だが、それだけでは覚束（おぼつか）ない。お前もこのまま権力者である正宗公に気に入られ続けるようにしなさい。彼なら最後まで戦地に行くようなことはないはずだ。彼の副官である限り、お前もこの国に留（とど）まることができよう」

父は綾瀬と正宗の歪んだ関係を知っているのだろうか。いや、知っていればそんなことは口にしないはずだ。

綾瀬は父を安心させる意味で、わかりました、と答えたが、父は眉間に皺を寄せ、言葉を続けた。

「……たとえこの国が負けようが、お前の死を遠く見知らぬ土地で耳にすることだけは、父として避けたい。死ぬのなら、私の目の前で死になさい」

子に先立たれる親の想いはとても辛いものだろう。家族を大切にしている父なら、なおさらだ。だが、それでも自分の息子の死を覚悟し、辛くてもきちんと最期を見届けようとする父の深い愛情に、綾瀬は胸を打たれた。

身も心も疲れて、自分自身でも見放しそうになる己を、まだ無条件で愛してくれる家族がいることに綾瀬は心から感謝した。そしてその想いにできるだけ応えたいと思う。

「わかりました。努力いたします」

その声にようやく父は安堵の表情を見せた。

「今日はゆっくりしていけるのか？」

「いえ、冬子に少し用事があって寄っただけです。夜には宿舎に戻ります」

「そうか、たまには泊まっていけたらよいが……いや、戦争中だというのに、そんなことを言っていては駄目だな。鳴沢君も今頃は戦場で戦っているのだからな。お前も気を引き締めて務めを果たしなさい」

鳴沢の名前を出され、一瞬どきりとしたが、どうにかポーカーフェイスを保てた。すると父親が独り言のようにぽつりと呟いたのを耳にする。

「――ただ一つ気がかりなのは……正宗公が恐怖を感じていらっしゃらないのではないか

という点だ」

「恐怖？」

父の言わんとする意味がわからず、綾瀬は小首を傾げた。

「普通、人間は恐怖を感じると、身を守るためにあらゆる行動に出る。だが正宗公はロゼルとの戦争でお立場が悪くなるにもかかわらず、そのことで身を守るという行為をされていないような気がする。人間、生き延びるためには、恐怖を感じる心が必要だ」

「恐怖を感じる心……」

綾瀬の声に父親は小さく相槌を打ち、言葉を続けた。

「あの方が恐怖を感じていて、なお堂々とされていらっしゃるならよいが、そうでない場合、命取りになることもある。もしそのようなことがあったら、お前が正宗公の心となるように心がけよ。お前が代わりに恐怖を感じ取って、お守りするのだ」

「私が、ですか？」

「そうだ。それが結果的に、お前も生き延びられることに繋がる」

とても自分があの正宗を守るというイメージは湧かないが、綾瀬は父の言葉に頷く。

「それだけだ。あまり引き止めていては、お前も困るだろう。冬子も首を長くして待っているしな。早く行って顔を見せてやれ」

「ええ、わかりました。冬子の顔を見て帰ります」

綾瀬は馴染み深いカウチから立ち上がり、父の書斎からそのまま冬子の部屋へと行く。するとと冬子が待ちかねていたとばかりに、綾瀬に飛びついてきた。

「お兄様、お父様とのお話が長すぎますわ」

「悪かったな、冬子」

「もう、鳴沢様からのお手紙渡さないから」

十八歳になる妹は、恥ずかしげもなく両頬を大きく膨らませて抗議してきた。

「悪かった、どうしたら機嫌が直るんだ？　可愛いお嬢様は」

「今度、正宗公爵様に紹介してくだされば許してあげる」

「閣下に？」

予想外のおねだりに綾瀬は妹の顔をじっと見てしまった。

「だって、私のお友達もみんな正宗公爵様のファンなんですもの。お兄様が公爵様の副官だって言ったら、すっごく羨ましがられたの。いつか機会があったらみんなが夜会でダンスをしてみたいって言っていて、私、頼まれてしまったわ」

「閣下を相手に冬子と友達が、それぞれダンスをするのかい？」

少し眩暈を覚えるような内容に、綾瀬はつい確認してしまった。案の定、屈託のない笑顔で妹に大きく頷かれる。

「言っておくが、私は閣下の副官で部下だ。とてもそんな願いは恐れ多くてできないから、期待しないでくれよ」

「じゃあ、期待しないで待ってる。はい」

冬子が差し出してきたのは鳴沢からの手紙だった。

「鳴沢様、以前から私のことを妹だと言って可愛がってくださるのはいいけど、お兄様との手紙のやり取りまでさせるのは、どうかと思うわ。どうして軍に直接送らずに、私宛の手紙にお兄様宛の手紙を同封するのかしら」

鳴沢はここ二ヶ月ほど、急に綾瀬に手紙を送ってくるようになった。内容は大したことではない。たとえ軍で検閲を受けたとしても、問題のないものだ。現地の様子や自分が無事でいることを知らせるくらいなのだから。

だが、軍を通さず、こうやって冬子を隠れ蓑のようにして秘密裏に手紙を送ってくることに、なんらかの意図を感じる。

どうしてだろう――。

鳴沢の手紙は綾瀬の妹宛になっていて、その中にまた封書で綾瀬宛に手紙が入っているのだ。明らかに不自然だった。

「また手紙の返事を書いて持ってくるから、お前のと一緒に鳴沢に送っておいてくれないか？」

鳴沢が軍を通さないことに意味があるなら、綾瀬も同じように冬子を通して返事をしたほうがいいのかもしれないと思い、毎回、妹の手紙と一緒にして送ってもらっている。

「ご褒美はシャトレのタルトがいいわ」

人気洋菓子店のケーキをしっかりと報酬として要求されるが、それでも普段妹を構ってやれないこともあって、つい余分にいろいろと買ってきてやることが多い。冬子もそれで手を打ってくれている。

「わかったよ。次に手紙を持ってくるときに、買ってくるよ」

「ふふ……商談成立ね。お兄様、大好き」

「大好きなのはタルトだろ」

「そんなことないわ。それよりお兄様、先日、上のお兄様が外国で紅茶を買ってきてくださったの。一緒に飲みましょう」

冬子に誘われるまま、しばしの間、綾瀬は楽しいひとときを過ごしたのだった。


綾瀬が与えられている将校用宿舎は、それぞれ綺麗な個室が用意され、シャワーが浴びられる程度の小さな浴場と手水場(ちょうずば)も部屋に完備されている。

共同大浴場しかない下士官のものと比べても、かなり快適な設備となっている。

綾瀬は宿舎に戻ると、軽くシャワーを浴びて、平服に着替えた。そして逸る心を抑えながらも、冬子から渡された鳴沢の手紙の封を切った。

すぐにしっかりとした力強い文字が目に飛び込んでくる。

一文字一文字を丁寧に、噛みしめるように読む。内容はいつもとさほど変わらないものだったが、それでも綾瀬の心を浮き立たせた。

鳴沢が無事に生きていて、よかった――。

鳴沢がいつどういうことをして、どう思ったか。そんなことが綴られている手紙からも、彼がまだ戦地から遠く離れた場所で待機している様子がわかり、ひとまず安心する。

彼が特別待遇で、前線になかなか送られないのは、正宗が綾瀬との約束を守って、彼を後方支援の部隊に配属させ続けているからだ。だがその裏工作に、鳴沢自身はまだはっきりと気づいていないようで、手紙の最後はこう締め括られていた。

『――どうして俺だけが、ずっと後方支援の部隊に留められているのかわからない。父の援助もここまでは届かないはずだ。自分だけ最前線に送られないことが、同胞に対して申し訳ない気持ちにさせられる。多くの同胞を見送るだけの己に、憤りさえ感じ日々を過ごしている。お前にこの気持ちがわかるだろうか』

文面からもどこか綾瀬を疑うような気配が感じられる。鳴沢も自分の処遇に人為的な何かが働いていることに勘づいているようだった。彼が事実を知るのも時間の問題かもしれない。

ごめん……鳴沢。

鳴沢の性格から、自分だけ後方部隊に配属され続けていることを良しとしていないことは、綾瀬にもわかる。彼の意思を曲げて綾瀬の独断で、彼の助命を上部にし続けていると知ったらどうなるだろう。きっと怒り、軽蔑するに違いない。もしかしたら親友としての繋がりも切られ、憎まれるかもしれない。

「……鳴沢、ごめん。それでも私はお前の命を助けたいんだ」

嫌われても憎まれてもいい。彼が生き延びてくれれば、それでいい。

そのために綾瀬は正宗と愛人契約を交わし、この躰を売ったのだ。初めからすべて覚悟している。

何もせずに鳴沢の死を待つようなことだけはしたくないと決め、二度と後悔はしないと心に誓った。すべてはあの嵐の夜に――。

戦争によって大きく歪んでしまった自分の運命に、綾瀬はただ一人、立ち向かっていかなければならない。

覚悟を決めたはずなのに、それでも胸が鋭い刃で貫かれたように痛むのは、綾瀬が未熟なせいであろう。歪みに耐えられない自分の弱さに、綾瀬は目を閉じた。

鳴沢との幸せな学生時代の思い出だけで生きていける、そう自分に言い聞かせる。

「……だ。とにかく全員部署へ戻れっ」

ふと、部屋の外が騒々しいのに気づく。綾瀬は何事かと部屋のドアを開けた。

「綾瀬少尉！」

いきなり名前を呼ばれる。声のするほうに視線を遣れば、部署こそ違うが、同じ少尉である香川（かがわ）が悲壮な顔をして立っていた。

「我が軍の……一個師団が敵に砲撃されて全滅した」

「……っ」

一瞬意味がわからなかった。全滅という言葉が何度も綾瀬の脳裏に響き渡り、ようやくその意味を成した。

全滅――？

「何を馬鹿なことを！　我が軍の一個師団を全滅させるほどの兵力など向こうにあるわけがない」

世界最強と言われている帝国軍が、たとえ一個師団といえども全滅など絶対ありえない話だった。それゆえに皆が騒然としていた。

「わからぬ。どうしてあちらが我々の軍の動きを知っていたのか、見当もつかぬ。だが、さっき伝令の者が命からがら戻ってきて、全滅を報告してきた」

「なっ……」

すぐに頭に思い浮かんだのは鳴沢のことだ。

「どこの師団がやられたのか？」

「相良隊長の第十二師団だ」

「第十二師団……」

鳴沢の所属している師団ではないことに、幾ばくか安堵するが、その師団はまさに最前線、ロゼルとの国境を制していた師団だ。そこが突破されれば、ロゼルが大和帝国に進撃してきたことになる。

有史以来なかった出来事だ。侵略されたことのない大和帝国の地に、他国の軍隊が入ったのだ。帝国に与える衝撃は大きい。

「現在の状況は？」

綾瀬は慌てて軍服に着替え直す。このことはすでに正宗の耳にも入っているはずだ。すぐに憲兵隊の本部に出向かなければならない。

「相手の攻撃が勢いを増しているらしいことは聞いている。我が軍がどこまで食い止めているかは聞いていない。俺はとりあえず、宿舎にいる士官らを呼び戻すように上から言われただけだ」

香川にも他に連絡しなければならない場所があるためか、大方の説明が終わると、綾瀬の部屋から遠ざかっていった。

運命の大きな歯車が軋む。そんな音が綾瀬の耳にこだましたような気がした——。

綾瀬は嫌な胸騒ぎを覚えながらも急いで軍部へと戻ったのだった。

各部署の責任者が集まる緊急会議は、深夜にもかかわらず開かれた。綾瀬も正宗の副官として従い、その席に着いた。

「先遣隊を送ったが、ロゼルの大軍を確認したことを連絡してきたきり、その後の連絡が途絶えている」

その報告に一同がざわつく。すでにロゼルの軍が帝都に向かって南下している報告は入っていた。ロゼルは精鋭部隊の一つであった第十二師団を全滅させた後、次々と大和帝国の陣営を突破し、帝都へと近づいているのだ。

「どうして第十二師団ともあろう部隊が、ロゼルごときに潰されたのだ！」

将校の一人が我慢できないとばかりにテーブルを乱暴に叩いて声を荒らげた。

「報告によると、配置していたミサイル台や戦車などが、悉く潰されたそうだ。まるでこちらの情報があちらに漏れていたかと思われるほど的確に武器を潰され、全滅させられたとの報告だ」

「スパイがいたかもしれない……ということか」

誰もがその言葉に眉間に皺を寄せ、ちらりと正宗の顔を盗み見してきた。ここにいる全員ではないにしろ、軍部にロゼルと内通している人間がいて、それが正宗ではないかと疑っている様子がありありとわかった。

すべては正宗の母親がロゼル人だからだ。

綾瀬は隣に座る正宗を見ることはしなかったが、彼がそんな状況に置かれても、淡々とし、まるで他人事のように思っている様子が伝わってきて、俄かに安堵する。

彼がこんなことで逆上するとは考えにくいが、それでも彼にとっては、母がロゼル人という理由だけで、疑われるのは腹立たしいことには違いない。

だがそれを表に現さず、冷静に対処している姿に、綾瀬は、彼がロゼル人との混血として大和帝国で生きていくことに対して、並々ならぬ決意と努力があることを感じ取った。

そして彼の持つ孤独感も同時に気づかずにはいられない。

皇帝の寵愛、そして大貴族の当主、若き少将。一見、何もかも恵まれた環境――。

しかし彼自身は何も恵まれていないのかもしれない。

そんな思いが綾瀬の胸を過ぎった。

常にロゼルの血が流れていることを陰で非難され、そして父親も亡くなり公爵家を継いだ今、彼を守ってくれる家族はいない。何もかも一人で立ち向かっていくことに、悲しさや孤独を感じたりはしないのだろうか。ましてや疲れたりはしないのだろうか――。

今までの彼の言動から、綾瀬は正宗の感情を一切感じることができなかった。いや、彼の気持ちを推し量ろうと考えたことがなかった。しかし、このままではいけないことに気づく。

『お前が正宗公の心となるように心がけよ。お前が代わりに恐怖を感じ取って、お守りするのだ』

父の言葉が脳裏に蘇る。父は正宗の心の内の闇に気づいていたのかもしれない。

綾瀬は、視線をテーブルの上に遣りつつ、心は隣に座る正宗に向けていた。彼の本心を少しでも感じ取りたいという欲が、綾瀬の中に初めて生まれる。

なんだろう……この感覚。

自分の意識の変わりように戸惑うしかない。だが、すぐに大きな別の声が綾瀬を我に返らせた。

「進路上に、我が軍最強の三崎将軍の率いる第三師団が待機している。それに今、近くに陣営を構えていた第五分隊、第八分隊を応援に向かわせているところだ」

大きなテーブルの上には地図が広げられ、その上で自軍と敵軍を模した駒を動かしつつ、軍師を交えて作戦を練っていた。青い駒が自軍で赤い駒が敵軍のロゼルだ。今まさに二つの駒は正面からぶつかるところだった。

いろいろな戦法を検討し合うが、所詮は机上の空論でしかなく、こうしている間にも戦地では大勢の兵士たちが命を落としていることが、上層部の念頭にはないような気がしてならない。その様子を見ながら、綾瀬の眉間に小さく皺が寄った。

鳴沢……。

胸の内だけで彼の安否を気遣う。後方部隊に配属されてはいたが、この状況では最前線に近い状態であろう。

地図上の彼の居場所には、青い駒が置かれている。その目と鼻の先に敵軍の赤い駒があるのを目にし、綾瀬は今にも飛び出して助けに行きたくなる衝動に耐えた。そこにそっと正宗が他には聞こえないくらいの声で囁いてきた。

「鳴沢軍曹が命を落としたら、せっかくのお前の努力も水の泡だな」

「っ……」

心臓を抉られたような痛みが走る。鳴沢の死を簡単に口にしてほしくない。

表情が一瞬崩れてしまった綾瀬を、正宗が面白そうにちらりと見てくる。そしてまた何事もなかったかのように澄ました顔で机上に視線を戻した。

彼に弱点を握られていることを改めて痛感する。だが。

「いや、最初からすべてが水の泡のようなものか。私自身も含めて——」

彼が自嘲しつつ、ふとそんなことを呟く。どうしてかその響きに寂しさが紛れているような気がして、綾瀬は正宗に視線を向けた。正宗の端整な横顔は、どこか後悔しているような、諦めているような、そんな思いが見え隠れしていた。

「私とお前の間で意味があるものは、逆に鳴沢軍曹の存在だけとは……滑稽だな」

「閣下……？」

意味が掴み取れず、つい小さく声をかけてしまったが、彼は口許に笑みを貼りつけただけで、それからはまた黙ってしまった。

綾瀬は気を取り直して、地図に意識を集中させた。するといきなり荒々しい足音が響いた。そしてそのまま会議室のドアが乱暴にノックされ、一人の兵士が飛び込んできた。

「今、通信が入りました！　三崎将軍の率いる第三師団がロゼルの軍勢の足を止めました！」

その報告にどよめく。

「おお……さすがは三崎将軍だ」

「『無敵将軍』の名は健在だったか」

「九留留目山山麓にて、敵と交戦。敵の進軍を止めた模様。味方の応援部隊を待って一気に突撃するとのことです」

すぐに軍師がテーブルの上の地図に目を走らせ、三崎将軍がいる第三師団を示す一際大きな駒を前線に動かす。左右後方に控える援軍をいかに進めるかで、より有利な状況にもっていける。時間との勝負だ。

「正宗少将」

ふと正宗の名前が呼ばれる。視線を向ければこの場を取り仕切る前嶋中将の顔があった。正宗よりもかなり年上だが、家柄としては正宗の方が上で、前嶋にとって正宗は扱いにくい部下の一人だろう。

「ここからは現場に直接関係する人間だけに絞りたい。作戦会議の内容を秘守するため、退席してくれぬか」

先ほどのスパイの件といい、皆がはっきりとは口にしないが、正宗にスパイの疑いを抱いていることは明白だった。正宗は皇族とも姻戚関係を持つ名門の出でもあり、誰も表立っては言えないだけなのだろう。

相手は中将閣下といえども、あまりの仕打ちに綾瀬の表情も強張るが、正宗は大して怒りを表すこともなく席から立ち上がった。

「わかりました。憲兵隊の出番としてはまだ早いかもしれないですね。では私のほうは、今回のことでスパイが存在していたかどうかを早速、調査してみましょう。もしそのような不当な輩がいた場合、見せしめのためにも、厳重に処罰いたします」

一瞬、室内がしんと静まり返る。誰もがヒヤリとする嫌味を正宗は堂々と口にした。前嶋中将も、その空気を読んでか、少し間を空けて答えた。

「……少将にはぜひともそちらをお願いする」

彼はそう告げ、さらに正宗だけ退室させるのは気が引けたのか、さらに他にも数名、将校クラスの退席を促した。

この緊急事態に各部署のトップを退席させるのは明らかに不自然であったが、他の将校も促されるまま席を立った。

綾瀬も正宗と一緒に会議室から出る。この緊急事態の中、作戦会議から外されることに綾瀬はまだ納得がいかなかった。

正宗閣下にスパイ容疑をかけるなんて……。

ロゼルと戦争をしている間は、ただロゼルの血を引いているという理由だけで、正宗には多くの疑いがかけられるだろう。皇帝への覚えがめでたきゆえに呼び戻された先には、彼にとって針の筵（むしろ）が待っていた。

綾瀬は前を歩く正宗の背中をじっと見つめた。しっかりした体軀（たいく）で、大和帝国よりも比較的体格が大きい他の国の人間と比べても見劣りがしない。

毎晩、あの背中にしがみついて啼（な）かされる自分は、直接肌で彼の体格の良さを知っている。

そう思った瞬間、綾瀬の躰の芯にじんわりと甘い痺れが走った。

息が止まりそうになり、つい歩みを止めてしまう。

「綾瀬少尉？」

綾瀬のわずかな変化に気づいたのか、正宗が振り返ってきた。

どうにか誤魔化さなくては――。

咄嗟に出た言葉は、先ほど感じた綾瀬の正直な気持ちだった。

「申し訳ありません。先ほどの中将閣下の言葉に少し理不尽さを感じてしまい……」

「お前が気に病むことではない」

正宗はそう簡単に答えて、踵を返そうとした。

「いえ、あの言葉は閣下に対して失礼であります。副官として、許せないものでした」

「副官？　愛人じゃないのか？」

彼が人の悪い笑みを浮かべて尋ねてきた。まるでわざと綾瀬を怒らせようとしているようだ。その態度で彼もまた心の奥底で怒りを感じているのがわかった。鬱積した思いが溢れ出て、綾瀬に態度として出てしまうのだろう。

「……任務中は副官として閣下に仕えているつもりです」

「真面目だな。愛人だからと甘えて仕事をいい加減にするのも、一つの手だと思うぞ」

「私は閣下の愛人である前に軍人です。そんなことはいたしません」

「フン、綺麗事はいい。正直でいろ。お前も私を憎んでいるはずだ。その感情を人のいないところくらいでは露に出せばいい。許すぞ。偽善めいた態度は好きではないからな」

「偽善ではありません」

「それが偽善だ」

正宗はそう告げたきり、綾瀬を振り返ることなく前へと進んでいく。

その後ろ姿を見つめながら綾瀬は彼の今の言葉を反芻した。

『お前も私を憎んでいるはずだ』

憎んでいないと言えば嘘になる。だが、綾瀬自身も納得して取引を成立させたのだ。正宗ばかりを悪人にしようとは思っていない。

それでも彼の口からそんなことを告げられると、気持ちが揺れる。憎んではいけないと思いつつも、憎んでしまいそうになる。そして同時に、自分のことを憎んでいると思われる人物を傍に置く正宗の意図もわからなかった。

彼は自分自身のことなどどうでもいいと思っているのだろうか。

だから恐怖を感じないのか——？

自分のことを憎んでいる相手を愛人にして、寝首をかかれてもいいとでも？

ますます正宗という男がわからなくなる。

いや、所詮、愛人といっても性欲処理の相手などに、寝首をかくような勇気はないと見下されているのかもしれない。

そう思い、気持ちに整理をつけようにも、胸に残るのは一抹の不安だ。どうしてか正宗がどこかに行ってしまいそうな、そんな気がしてならない。

綾瀬よりも何倍も強い男で、確固たる地位があるにもかかわらず、彼を守らなければ、という思いが強く綾瀬の中に芽生えてくる。

守りたいなんて……馬鹿な。

一瞬でも自分の胸の内に湧いた感情に言葉を失う。そんな気持ちが自分の中にあったことに驚きを覚えた。

そうだ……正宗が死んで困るのは、結局私だからだ。鳴沢を救ってくれる人物がいなくなる。だから守らなければならない――。

ようやく自分の感情に理由を見つけて心のどこかでほっとする自分がいる。

綾瀬はどうにか自分の中で気持ちの整理ができ、すぐに正宗の後を追った。

憲兵隊の入っている建物に戻ると、深夜であるのに大勢の兵士らが動いていた。敵が侵略してきたことはすでに伝えられており、いよいよ平民出身の兵士だけでなく、貴族階級の兵士までが出兵の準備へと取りかかっていた。

たぶん近日中にも第一陣は戦場に出立するだろう。

慌ただしい兵舎の中を綾瀬は正宗の後ろについて進む。通る傍から異様な視線を向けられているのに気づいた。続いてそこかしこから、ぼそぼそと囁き声が聞こえ、その内容が綾瀬の耳にも届く。

『おい……』

『ああ、正宗閣下か……。まさかあの方がスパイを手引きするわけがない』

『皇帝のお気に入りだ。皇帝の寵愛を裏切るようなことはすまい』

『だがロゼルの血が入った人間だ。何をするかわからんぞ』

そんな好き勝手なことを噂している彼らを、綾瀬は黙って鋭く睨んだ。すぐに声が止まる。

氷の姫君と普段から揶揄われているが、こうやって睨むと凄みが増すらしく、大抵の兵士は口を閉ざす。

綾瀬は彼らに何か注意をするわけでもなく、そのまま歩いた。

たぶんこのやり取りは正宗にも聞こえているはずだが、彼もまったく無視し、憲兵隊本部のある東館へと進んだ。

東館はそのすべてが憲兵隊本部となっており、戦争が激化し、騒然としていた他の部署とはまったく雰囲気が違っていた。普段と同じように静まり返っている。

執務室に入ると、一人の兵士が待っていた。胸の赤と黒に彩られた星の紋章は、憲兵隊の中でも特殊な任務に就く精鋭部隊の所属である証(あかし)だ。

正宗は彼の姿を見ると、それまでその場にいた部下を、綾瀬を除き、すべて一旦部屋から下がらせた。

綾瀬は正宗の副官でもあるので同席を許されたようだ。

このタイミングでの特殊工作員の出現に、綾瀬も少なからず緊張を覚えた。

「何か動きがあったのか？」

正宗が抑揚のない声で尋ねると、男は小さく目礼をして口を開いた。

「今朝、第三師団の師団長でもある三崎将軍が、秘密裏に特使を派遣されました」

途端、無表情だった正宗の眉間に皺が寄る。

「三崎将軍がこの時期に特使を？　どこに出した」

「特使はここ帝都に向かっておりますので、軍本部か……または皇居かと」

皇居――！

思わぬ場所に、綾瀬は正宗に視線を走らせた。正宗は綾瀬とは違い、想定内だったようで、平然としてその答えを聞いていた。

「いよいよ動き出したか。鬼が出るか蛇が出るか……または気の回しすぎか。どちらにしても油断できんな」

正宗の言葉に男が小さく頷く。

「引き続き、特使を監視しろ」

「わかりました。それから特使の名前ですが、鳴沢一樹軍曹という男です」

「な……るさわ？」

思わず綾瀬の唇から声が漏れてしまった。驚きで固まる綾瀬の顔を、正宗が双眸を細め見つめてくる。

「ほぉ……。なるほど、それはまた面白そうだな」

口端を少しだけ持ち上げ、正宗がそう呟いたのを、綾瀬は恐怖にも似た感情を胸に抱きながら、ただ見つめることしかできなかった。

■ III ■

それから二日と経たずして、軍本部から新たに編成された一個師団が出立していった。今回の出兵には貴族の子息らも含まれており、いよいよ今まで他人事(ひとごと)のように戦争のことを語っていた一部の上流階級の人間にも不穏な空気が流れていた。

そんな中、ある日、妹の冬子がどうしても綾瀬に会いたいと電話をしてきた。

理由がよくわからなかったが、戦争の色が濃くなりつつある帝都で、不安なのかもしれないと思い、冬子の学校帰りに待ち合わせをして外で夕食を食べることにした。だが、そこで思いがけない人物を目にした。

「な……鳴沢！」

通されたレストランの個室には冬子ではなく、鳴沢が待っていたのだった。

別れたときより、若干痩(や)せてはいたが、相変わらず男らしく堂々としていて、綾瀬の目を惹(ひ)きつけてやまない。

鳴沢の元気な姿を見て、綾瀬は心がほっこりと温かくなった。殺伐としたニュースが続く中、久々に心が華やぐ。

「綾瀬、驚かせてすまない。冬子ちゃんに、ちょっと手を貸してもらったんだ。お前と会おうにも、今の状況ではなかなか会えないからな。彼女を責めないでやってくれよ？」

鳴沢はそう告げて、笑みを零した。

「冬子を使わなくても、軍部で声をかけてくれればいいのに。こっちに戻ってきているんだろう？」

ここにいるということは、軍部にも顔を出しているはずだ。それなら綾瀬に声をかけてくれれば、すぐに会えたものを。

「特使で来ているんだ。軍部にはまだ顔を出していない」

「そうか……」

先日、憲兵隊の執務室で聞いていた話だが、それを外部に漏らせるはずもなく、綾瀬はまったく知らない振りをした。

だが、何の、誰に対しての特使なのかは気になるところだ。正宗の不利になるようなものでなければいいが、と心密かに心配になるが、表情には出さないように心がけた。

「それにお前の周りは正宗閣下がガードしていて、なかなかコンタクトが取れないしな」

「ガードというか、正宗閣下の副官でいろいろと忙しいだけだよ」

おかしいことを言うなよと笑って返すと、鳴沢の目は真剣で、じっと綾瀬を見つめてきた。

「お前宛の手紙、軍部経由で何度か出したが、手元に届いてないだろう？」

「え？」

「お前からまったく返事がなかったから、おかしいと思って、冬子ちゃん経由でお前に渡してもらうことにしたんだ。そうしたら、お前からの返事も届くようになった」

「軍部経由の手紙って……」

鳴沢が戦地へ赴いてから、一度も軍部経由で手紙は届いてない。

「やはりな。正宗閣下が止めていると考えたほうが妥当だろうな」

「な……そんなこと、どうして……」

どうして正宗が鳴沢の手紙を止めているなどと考えたりするのだろうか。

「正宗閣下がそんなことをするなんて、考えにくい。検閲で何か引っかかったのかも……」

「普通の手紙だぞ？」

普通という言葉に綾瀬は顔を顰めた。

軍部経由の手紙は検閲を通るが、政治転覆を謀るような危険思想の内容ではない限り、大抵は宛先へと配達されるようになっている。止められるとは、かなり稀なことだ。

「綾瀬、俺はこのレストランから歩いていける場所にホテルをとっている。ここでは積もる話もできないから、軽く夕食をとって、そこに移動しないか？」

　ホテルで寝泊まりをしているという事実に、綾瀬は少なからず驚いた。

「実家に帰っていないのか？　お父上が心配なさっているのでは……」

「ああ、今回は秘密裏に動いているのもあって、実家には顔を出していないんだ」

「いいのか？　そんなときに私と会っていて……」

　危険な任務の途中なら、綾瀬が彼の邪魔になってはならない。

「大丈夫だ。それに手紙では書けないことで、お前にいろいろと聞いてほしいこともあるんだ」

　神妙な面持ちで鳴沢がそう答えてきた。

「……戦地で何かあったのか？」

　彼ばかり後方部隊に配置されるため、立場的にまずいことになったりしているのだろうか。

「話は後にしよう。まずは食事だ。戦場ではまともなものが食べられないから、久々に旨いものが食いたい」

　鳴沢はすぐに明るい表情に戻り、料理を注文するために店員を呼んだのだった。

食事を済ませ、ホテルに場所を移動した。繁華街から一本中に入ったホテルは、昔からある古いホテルだった。

「ここに泊まっているのか？」

「ああ、移動するには立地条件がいいからな」

鳴沢は慣れた足取りで三階の一番角の部屋の鍵を開けた。ここが彼の部屋らしい。

「適当に座ってくれ」

言われるまま椅子に座り、部屋を見回す。古いが清潔感のある部屋だった。部屋自体はまあまあの広さで、ダブルベッドが一つと、小さな机、それに付随し椅子が二客、置かれてあった。

綾瀬が部屋の様子を見ているうちに、鳴沢は上着を脱いで、机を挟んだ向かい側の椅子に座った。

「綾瀬、何か飲むか？　飲むならフロントに頼むが……」

「いや、いいよ。宿舎の門限もあるから、あまり長居できないし、気遣いは無用だ」

綾瀬の言葉に立ちかけた鳴沢はまた椅子に座り直した。そしておもむろに口を開く。

「お前、俺が戦地に行ってすぐに正宗閣下の副官になったんだってな」

「ああ」

いきなり正宗のことを言われ、どきりとするが、もう慣れたポーカーフェイスでさり気なく返答する。

「突然だな。しかも転属にしては時期が半端だ」

「少し前から話には出ていたんだ。だが前の騎馬隊での引き継ぎのタイミングが悪くて、時期がずれてしまったんだ」

もちろん嘘だが、鳴沢に怪しまれないように平然と話した。だが、鳴沢は長い相槌を打ち、あまり綾瀬の話を信じてはいないようだった。

「俺には、正宗閣下が、俺がいなくなったのを見計らって、お前を手に入れたんじゃないかと思えたが？」

「お前とは関係ないよ」

「そうかな。閣下はずいぶん前からお前に執心していたように見えたぞ。俺が遠回しにガードをしていたから、あちらも簡単に手を出してきたりはしなかったようだが」

「閣下が私に？　鳴沢、何を馬鹿なことを言いだすんだ。閣下も私も男だ。執心も何もないだろう。それに私はお前が戦地に行く前までは、閣下と面識もないぞ」

そうだ。鳴沢が戦地へと赴き、彼の助命を嘆願するために権力のある貴族に声をかけていた。そのときに、正宗とは会ったのだ。それまでは正宗は外国へ留学していたし、綾瀬は話もしたことがなかった。正宗が執心するほど綾瀬のことを知っていたなんてありえない。

「お前はなくとも、閣下はお前のことを知っていたさ。お前は陸軍大学校でも有名人だったし、軍に入ったときも、かなり話題にはなったからな」

確かに以前、初めて正宗と口を利いた晩餐会で、陸軍大学校時代からの綾瀬の呼び名、『氷の姫君』を知っていると本人から聞かされている。だが、それだけだ。それに正宗は綾瀬が誰を愛しているか知っている。彼ほどの男が、他の男を愛する綾瀬に執着するはずがない。

「まさか……閣下のような多忙な方が、私のことなど心に留めることなどない」

正宗とは面識がなかったことは強調しておかねばならない。この先、少しでも綾瀬と正宗の関係を鳴沢が察するようなことがあったら、と思うと身が竦む。

「お前が無防備なのは昔からだ。だが、そろそろ周りの目にも気づいたほうがいいぞ。俺に対してもそうだ」

「え？」

鳴沢に気づかず何か失礼なことをしていたのだろうか。

綾瀬は一瞬不安になった。だが、そんな綾瀬に鳴沢は小さく溜息をつくと、もういいと呟き、話を続けた。

「そういう経緯からも、俺の手紙がお前のもとに届かないのも、大体予測していたし、わかっていた。彼が、正宗閣下が止めているってね」

「考えすぎだ、鳴沢」

さすがにそれはないと思う。正宗がいちいち他人の手紙に干渉するほど暇とは思えない。

綾瀬が首を振ると、鳴沢は急に双眸を細め、尋ねてきた。

「それと……これもお前に聞きたかったことだ。お前、何か裏で動いていないか？」

「裏？　どういう意味だ？」

シラを切る。

「俺と一緒に戦地へ派遣された仲間は次々と前線に送り込まれている。後から来た仲間も俺より先に前線へ行った。これはどういうことだ？」

鳴沢の鋭い目が綾瀬を貫いてくる。その視線の強さに気後れしたが、平然とした振りをして受け止める。

「さあ……私は指揮官ではないから、よくわからないが、鳴沢がその後方部隊で必要な人材なんじゃないか？」

鳴沢の双眸がさらに鋭くなった。

「俺より成績優秀な奴も前線へ送られた。お前、まさか俺が前線に配置されないように、何かしてるんじゃないだろうな」

「な……何かするわけないだろう」

「俺はお前に言ったはずだ。貴族の特権というのが嫌いで、自分の力でお前のところに戻ってくると」

確かにそう言ったのは覚えている。出兵が決まり、どうにかして引きとめようとする綾瀬に、鳴沢ははっきりとそう告げた。だが、言わせてもらえば、綾瀬がそれに納得したとは返事をしていない。

綾瀬はキッと鳴沢をきつく睨み返した。鳴沢は睨まれるとは思っていなかったようで、少しだけ目を見開き驚きの表情を見せた。そして気を取り直したかのように鼻で息を吐くと、言葉を続けた。

「俺の人事はどう考えても異常だ。誰かの思惑が動いているとしか思えない。お前、もしかして正宗少将と何かしていないか？」

「何をしているというんだ？」

ひやりとした冷たい汗が背中に流れるのを感じる。だが綾瀬はそれを悟られないようにするために、強気に出た。

「いい加減にしてくれないか。確かに私はお前が戦場に行くのには反対した。しかしそれから先はお前の意思を尊重した。今さら私を疑うようなことはやめてくれ」

「綾瀬……」

いきなり鳴沢が眉間に皺を寄せ、悲しげな表情をした。それはまるで綾瀬の嘘を見破り、哀れんでいるようにも見えた。

もしかしたら、なんらかの情報が鳴沢のもとに入っているのかもしれない。

そんな思いが湧き起こり、綾瀬の胸を締めつける。居たたまれない。

綾瀬は鳴沢から視線を外した。これ以上嘘をつくのも限界がある。もし何もかも鳴沢が知っていたら、綾瀬は完全な道化師になってしまう。そんな姿を鳴沢本人に暴かれることだけはされたくなかった。

しばらく視線を外していると、鳴沢の口から大きな溜息が吐かれた。彼もまた綾瀬とのやり取りに限界を感じたのだろう。

「綾瀬――」

彼の声に視線を戻す。そこには綾瀬がこの身に代えてでも守りたい男、鳴沢の顔があった。

彼の瞳とかち合う。だが、鳴沢の瞳の険しさから一瞬綾瀬に嫌な予感が走った。

「綾瀬、俺は大和帝国を裏切る」

「っ……」

いきなりの宣言に綾瀬は言葉を失った。彼が今、何を言ったかさえ、忘れてしまいそうになるほどの衝撃が全身を貫く。

「俺は以前から貴族体制に疑問を持っていた。このままではこの国はいずれ内部から腐って、そして崩れていく。だが、それを待っているのでは遅い。こうやっている間にも、平民という理由だけで、多くの人間が貴族の盾となって死んでいるんだ」

「それは……」

綾瀬も見て見ぬ振りをしているところだ。過去に戦場で貴族の一部が平民の兵士を囮にし、見殺しにして逃げてきたという話も聞いたことがある。

まさに命の重ささえも貴族と平民という出自の差だけで違うのが現状だ。

「俺はロゼルに寝返る」

一瞬耳を疑った。とても鳴沢の口から出た言葉とは思えなかった。

「なっ……何を馬鹿なことを。そんなことをしたら、軍法会議にかけられて死刑だぞ！」

「ああ、お前が今俺を逮捕すれば、それもありえるな」

「……そんなことを、平気な顔して言うな……っ」

語尾が涙声で震えてしまう。鳴沢を逮捕して軍法会議にかけるなど、綾瀬にできるわけがない。

「悪かった。お前を困らせるつもりで言ったんじゃない。喩えで口にしただけだ」

「私のことはいい。だが、帝国を裏切るなど……そんなこと、していいはずがない。考え直せ、鳴沢！」

綾瀬は席を立ち上がり、鳴沢のもとへと歩み寄った。彼もまた椅子から立ち上がる。

「鳴沢、今の話は聞かなかったことにする。だから、このまま戦地へ帰れ」

危険思想を持ったまま帝都をうろつけば、憲兵隊によって逮捕される対象となる。それは綾瀬の仕事でもあった。

「お願いだ……鳴沢。もっとお前の命を大切にしてくれ」

鳴沢の二の腕を摑み、願うと、彼の手が綾瀬の手に覆い被さってきた。

「綾瀬、俺はお前の友情を疑ったことはない。だからお前には正直に俺の意思を告げた。そしてこうやっている今も、やはりお前は俺を裏切らず、心配してくれているのだと、ひしひしと伝わってくる」

綾瀬の手を鳴沢の手が強く握ってきた。

「綾瀬、お前も一緒に俺とここから逃げよう。軍人などやめて、俺と一緒に歪んだ帝国と戦おう」

「鳴沢……私は帝国を裏切ることなどできない。ましてや軍人をやめるなんて……」

綾瀬の声に引き寄せられるようにして、鳴沢の顔が近づいてくる。何が起きているのか、綾瀬には理解できなかった。

だが――。

「そこまでだ、鳴沢軍曹」

「っ！」

いきなり部屋のドアが開いたかと思うと、正宗が数名の部下を連れて立っていた。

「閣下！」

「綾瀬少尉、ご苦労だった。囮としていい働きをしてくれた」

「え……」

覚えのないことを言われ、綾瀬は固まった。こんなふうに言われれば、綾瀬が鳴沢を騙して近づいたと思われてしまう。

「お前たちはホテルの玄関で待機していろ」

正宗は連れていた部下にそう命令すると、一人だけで部屋へと入ってきた。

「正宗閣下……」

鳴沢が忌々しげに呟く。

「軍曹も迂闊だな。私の部下に尾行されていることなどわかっていただろう。それを大胆にも私の副官を呼び出すとは……」

そういえば、正宗が特殊工作員に特使である鳴沢を監視するように命令していたのを思い出す。それでこの現場を取り押さえたのだろう。

鳴沢も歯を食い縛り、正宗を睨みつけていた。それと同時に、素早く鳴沢の手が腰に動く。そこには拳銃がある様子だった。

「やめたまえ。君の腕より私の腕のほうがずっと上だ」

そう告げる正宗の手にはすでに拳銃が握られていた。

「ここで俺を捕まえるか？」

「君を捕まえる？　フン、今回は見逃してやろう。そのためにわざわざ玄関に配置させた。窓からでも泥棒猫のように逃げるがいい」

正宗はそのまま鳴沢から銃を取り上げると、自分の胸ポケットにしまった。

なぜ——？

綾瀬は正宗の言動の意味が摑めなかった。それは鳴沢も同じだったようで、正宗に聞き返す。

「なぜ、俺を逃がす？」

その問いに一瞬、わずかながら正宗の瞳が揺らぐ。とても深い感情が彼の中で動いたのを綾瀬は見逃さなかった。だが、すぐに正宗は不遜な笑みで己の感情を覆い隠し、口を開いた。

「綾瀬少尉の健気さに免じてだ。君も少尉に感謝するがいい」

「どういうことだ？」

鳴沢が、意味がわからないといったふうに、綾瀬を振り返ってきた。綾瀬は綾瀬で正宗との関係を勘繰られたくないために、慌てて鳴沢から顔を背ける。

その態度から何かを察したのか、鳴沢は再び正宗に視線を戻した。

「俺を捕まえないとは……なるほど、綾瀬を俺から取り戻すために、わざわざ閣下がここまでいらっしゃったっていうことですか？　ご寵愛が過ぎると痛い目に遭いますよ」

挑発するような物言いを、綾瀬は肝が冷える思いで耳にした。

「軍曹こそ、大切な友も守れず、自分は自分の信念のために生きるとは……。綾瀬少尉、お前も馬鹿な男に惚れたものだな」

っ――――！

心臓が大きく爆ぜる。綾瀬の想いを、とうとう正宗に口に出して言われてしまい、耳を塞ぎたくなった。鳴沢だけには綾瀬の穢れた想いを知られたくなかった。親友の顔をして、男同士ではありえない感情を抱いていたと知ったら、鳴沢はどう思うだろうか。

嫌われてしまう――――！

綾瀬は無意識に鳴沢から躰を離した。とても彼の近くに立っていられない。きっと気持ち悪がられて、穢れたもののように扱われるだろうと思うと、それだけで心が凍りつきそうになった。

「あ……お願いです！　閣下、それ以上は……っ」

祈るような思いで正宗に懇願した。これ以上、鳴沢に自分の想いを知られたくない。彼が綾瀬の心を他人から聞かされるようなことがあってはならない。

だが正宗はそんな綾瀬の態度を見てか、辛そうに表情を歪めた。辛いのは綾瀬だというのに、だ。そしてそのまま非情にも正宗は、綾瀬の秘密を鳴沢に暴露した。

「綾瀬少尉は君の命と引き換えに、私の愛人となった」

「閣下っ！」

綾瀬の悲痛な悲鳴とも取れる声が部屋に響いた。

「愛しい男の命を守るために、私に毎晩抱かれることを望んだんだよ……な、綾瀬少尉」

「っ……」

これ以上悲鳴が漏れないように口を両手で塞ぐ。立っているのも辛く、綾瀬はとうとう床に崩れ落ちた。

頭上からは鳴沢の信じられないという響きを伴った声が降ってくる。

「綾瀬……お前、どうして、そんなことをっ！」

その声に答えられないのはもちろんのこと、顔を上げるどころか、動くことさえできなかった。

そんな綾瀬の代わりに答えたのは、やはり正宗だった。ただ、どうしてか彼は自嘲気味な笑みを唇に携えていた。

「綾瀬少尉は自分のことなど、どうでもいいほど、君のことを愛しているんだそうだ」

「俺を、愛してる、って……？」

鳴沢が驚きを含んだ声で呟いてきた。この想いを彼に知られたことに綾瀬は耐えきれず、腰にあった短剣に手を伸ばし、それを喉に突きつけようとした。

刹那(せつな)——。

「やめろ！　少尉」

素早く綾瀬の傍(そば)に駆け寄り、短剣を払いのけたのは、正宗だった。

「嫌ですっ！　こんな恥を晒(さら)して生きていくことなど絶対嫌です！　離してください、閣下！」

誇り高き軍人である身で、男の愛人を務めていたと鳴沢に知られた今、生きていく価値を自分の中に見出すことなどできはしない。

綾瀬は床に滑り落ちた短剣を拾おうと必死に手を伸ばした。だが今度は鳴沢によって短剣は蹴(け)られ、部屋の隅へと音を立てて滑っていく。

「あ……」

綾瀬は正宗に捕らえられ、とても短剣を取りに行くことができなかった。

「上官の命令なしに勝手に死に急ぐことは許さん。それにお前が死ねば、この男の命もないと思えっ！」

綾瀬は正宗の手を力いっぱい振り払おうとするも、彼の綾瀬を掴む力はとてつもなく強く、そこから逃れることができなかった。

憎いと思った。今まで憎まないでいようと誓っていたのに、初めて正宗のことが理性で抑えきれないほど、心から憎いと思った。

隠したかった禁忌の想いを鳴沢にばらされるとは思ってもいなかった。どこかで正宗に従順であれば、鳴沢には黙っていてくれると信じ込んでいた。だからこそ、より一層、彼に裏切られたような絶望感が綾瀬の心を襲う。

もう一度、力の限り正宗の腕を振り払った。すると今度は簡単に彼の手が離れていった。正宗がひどく傷ついたように見えるのは気のせいに違いない。綾瀬は振り切るようにして視線を外した。

「――なるほど、閣下、あなたはそうやって綾瀬を手に入れるために脅してきたんですね」

するといきなり鳴沢が綾瀬の前で膝をつき、綾瀬を抱きしめてきた。

「泣くな、綾瀬……俺のためにすまなかった」

両頬を鳴沢に支えられ、顔を上げさせられる。涙で霞む視線の先には、やはり今にも泣きそうな鳴沢の顔があった。

「鳴沢……」

鳴沢の唇が綾瀬の頬を掠める。それで自分が涙を流していたことを綾瀬は知った。

ピシッ……。

いきなり空気が動き、風のような感触が綾瀬のすぐ近くを通り過ぎた。気づけば目の前の鳴沢が二の腕を押さえ、苦痛に顔を歪めていた。

「鳴沢！」

二人の傍らに正宗が乗馬用の鞭を持って立っていた。どうやら鳴沢の二の腕を、正宗が鞭で打ったようだった。

「くっ……正宗少将！」

「綾瀬少尉から離れろ、鳴沢軍曹。それは私のものだ。君が触れていいものではない！」

そこに立っていた正宗の顔は、今まで見たことがないほど怒りを表していた。その様子に驚き、言葉を失った綾瀬の傍から、鳴沢が声を上げる。

「綾瀬は物じゃない。ましてや、閣下、あなたのものなんかじゃない！」

そのまま鳴沢が未だ床に伏す綾瀬を背中で庇い、正宗に対峙した。

「いや、それは私のものだ。取引もきちんとしている。さあ、こっちへ来い、綾瀬少尉」

正宗が冷ややかな視線を向けてくる。綾瀬は我に返って正宗を睨みつけ、その場から動かずにいた。しかし。

「くっ……」

下半身に覚えのある振動が与えられる。正宗がどうやら貞操帯に仕込んである細かく振動する機能にスイッチを入れたようだった。

「どうした？　綾瀬！」

何も知らない鳴沢が、心配そうに綾瀬の肩を抱いてきた。鳴沢に触られるだけで躰のどこからか快感が溢れ出て、気がおかしくなりそうになり、綾瀬は鳴沢を押し返した。

「綾瀬？」

綾瀬に拒否されたことに、鳴沢が素直に驚きを見せてきたが、それを気遣う余裕さえなかった。自分の躰の変化を鳴沢に悟られないようにするのが精一杯だ。

心臓が煽られ、息が止まりそうになるくらいの快感に耐えていると、前に立っていた正宗が、圧倒的な支配力を見せつけるかのように告げてきた。

「教えてやろう、鳴沢軍曹。綾瀬少尉の下半身には私のものである証拠、他の男とは浮気をしないように、特別仕様の貞操帯をつけている」

「貞操帯……」

鳴沢が再び正宗に視線を向ける。正宗は床に伏す綾瀬の腕を引っ張り上げ、起き上がらせた。

「あっ……」

後ろの蕾に差し込まれている棒が弱いところに当たり、思わず声が出てしまう。

鳴沢の驚きをよそに、正宗は綾瀬を引き寄せ、椅子へと座った。

「腕の立つ職人に作らせた少尉専用の貞操帯だ。勃起してもパットで前をカバーしてあるから、外からはあまり目立たないようにしてある。まあ少尉の下半身も革の紐で締めつけてあるから、簡単には勃起しないがな」

そう言って、綾瀬の下半身の部分を軍服の上から指でピンと弾いた。

「さらに尻には振動する機能を備えた筒状の棒を差し込んである。筒状であるのはそこに、少尉が大好きな媚薬を入れたりして悦ばせてやるためだ」

綾瀬は大きく左右に首を振った。好きでもないし、本心で悦んだことなど一度もない。

「嘘を……言わないでください、閣下」

綾瀬は涙声で正宗に懇願した。これ以上鳴沢に事実をばらされたくない。

「可愛い奴だな。こんなに淫乱なくせに、心は貞淑な妻のようだ」

正宗は猫でも可愛がるように、膝の上に綾瀬を乗せた。

「さらに尻に挿れてある筒は、私の男根よりも、わざと若干細くしてある。いつでも簡単に私を挿れられるように広げてはあるが、締まりが緩くなっては面白くないからな。私を挿れると絶妙な締めつけ具合になるように調節してある。まさに少尉は私専用の愛人として開発されているのだよ」

綾瀬は自分で自分の耳を塞いだ。これ以上正宗の話など聞きたくなかった。

「きさま……っ」

鳴沢が吠える。だが正宗はそんな鳴沢を相手にしても平然としていた。

「君も綾瀬少尉に邪な想いを抱いているようだから、特別に、少尉の貞操帯を見せてやろう」

それまで優しく綾瀬の頭を撫(な)でていた手が急に腰に回るやいなや、勢いよく一気にトラウザーズと下着を引き下ろされた。

「閣下っ！」

鳴沢の目に綾瀬の妖艶(ようえん)ともいえる臀部(でんぶ)が晒される。

滑らかなカーブを描いた臀部には、黒いなめし革の紐が巻かれ、そこにはまるで縛られたように下半身に張りつく貞操帯があった。後ろの蕾の部分が振動しているためか、淫猥(いんわい)な様子で蠢(うごめ)いているのがわかる。

「綺麗(きれい)だろう？　少尉の躰は。その辺りにいる女性よりもずっと魅惑的で男を惑わす代物だ」

綾瀬の白く滑らかな双丘に、正宗が躰を屈(かが)め、愛おしむように唇を這(は)わせる。

「み……見るなっ！　見ないでくれっ、鳴沢っ！」

哀れな躰を見せないように鳴沢に背中を向けるが、逆に綾瀬の尻に突き刺さる筒を鳴沢の目の前に出してしまう格好となる。

「軍曹がいなくなってからも、綾瀬少尉に懸想する男が後を絶たなくてな。こうやって彼の貞操を守っていた」

指でギュッと筒をさらに孔の奥へと押し込められる。

「ああっ……」

「いい声で啼くだろう？　鳴沢軍曹、君は綾瀬少尉のこういう声を聞いたことはなかろう？　まったく残念なことだ。長い間、一緒にいたというのに」

「くっ……」

鳴沢が我慢ならない様子で正宗を睨み返した。だが正宗は笑みを零すと、この上もなく優しい声で、綾瀬に恐ろしいことを告げる。

「少尉、もう少し振動を強くしてやろう。お前もそのほうがいいだろう？」

「あっ……あああぁっ……」

綾瀬の背中がびくんびくんと陸に上がった魚のように痙攣し始めたかと思うと、正宗に抱きかかえられるようにして、膝の上に跨った。

「ちょうどお前のいいところに、ダイヤが当たるように筒に細工がしてあるからな、気持ちがいいだろう？」

「あっ……」

綾瀬は理性が切れそうになりながらも、どうにか堪えた。そんな綾瀬の姿を正宗は愉しむかのように眺め、鳴沢に話しかけた。

「鳴沢軍曹、ここ数ヶ月、綾瀬少尉を私の愛人として相応しいように調教した。性奴として躾を施した成果を見てみるか？」

「調教……」

鳴沢の声に綾瀬は大きく首を横に振った。そんな姿は絶対に見られたくなかった。

「閣下、どうか……ああっ」

「綾瀬、いつも通りに振舞ってみろ。そうしたら、鳴沢軍曹を殺さないでいてやるぞ」

「正宗少将っ！　そうやって綾瀬を脅すとは卑怯だぞっ！」

「脅す？　少尉はこういう言葉で責めてやると、感じやすくなるんだ。君のために身を差し出すことを感じれば感じるほど、これは乱れる」

「酷い……そんな……っ」

綾瀬はとうとう正宗の言葉に抵抗した。

「まだ理性を捨ててないのか？」

そう言って、指で頬を優しく撫でられる。だが、その行為とはうらはらに、正宗は何かクスリのようなものを自分の口に含ませると、綾瀬に口移しでそれを飲ませてきた。

綾瀬にはそのクスリの正体が痛いほどわかっていた。

そのクスリは催淫剤だ。即効性があり尚且つ、副作用がないからと、以前から何度か使われているが、このクスリを飲むと綾瀬は意味もわからず理性をなくし、快感に忠実な奴隷となってしまい、プライドも何もかもズタズタにされてしまうのだった。

正宗は綾瀬がクスリを飲んだことを確認すると、その頬を撫でた。

「もう少し振動を強くしてやろう」

「あああっ……」

さらに刺激を強くされ、腸を揺さぶられるような感覚に、意識を失いそうになる。だが、その意識があるかないかの狭間に恐ろしいほどの愉悦が生まれてくる。クスリのせいだけでないことはわかっているが、認めたくない禁忌の快楽だ。

「あっ……ああっ……」

最初は堪えていたが、時間が経つにつれて、自らも腰を動かし、さらなる快感を求めだしてしまう。クスリが効き始めた証拠だ。

「気持ちがよくて嬉しいだろう？」

朦朧とした意識の中、甘い毒のように正宗の声が綾瀬の耳に染み込んでくる。鳴沢がいるにもかかわらず、教え込まれた淫らなことを口走ってしまいそうになり、歯を食い縛った。

「いつもはもっと素直なのに、何を頑固に耐えている。軍曹がいるせいか？　面白くないな」

「あああっ……」

軍服の上から乳首をギュッと抓られ、思わずその痛み……いや、快感に嬌声を上げてしまう。

「素直にならなければ、軍曹の前でもっと淫らなお前を見せてもいいんだぞ」

「う……嬉しい……です、閣下」

綾瀬の躰は快感で濡れそぼっていても、心は冷たく壊れそうになる。

「ではこのまま射精せずに、達け。鳴沢軍曹にお前の一番美しい姿を見せてあげなさい。そしてお前が誰に一番忠実なのか、軍曹に教えてやるといい」

そう言いながら、ゆっくりと正宗は綾瀬の軍服の上着とシャツのボタンを外し、脱がす。途端、首元を飾るエメラルドの首輪が現れた。あの秘密のパーティーの夜から、普段も軍服の下につけるように正宗から命令されていたのだ。

全裸だが、首輪と貞操帯だけをつけた姿となった綾瀬は、正宗の膝の上で悶えた。

「ああ……」

躰の中で筒が大きく振動し、淫蕩な悦楽を綾瀬に与えてくる。頭の芯までびんびんと伝わり、何も考えられなくなった。

すると背後で鳴沢が微かに動いたのを感じた。視線を遣れば、彼も勃起しているようで、トラウザーズを突き上げている雄が目に入った。鳴沢は鳴沢で、自分の下半身を手で触らぬよう堪えているようだった。

もう綾瀬の理性も消えかけ、鳴沢がそんな態度をとっていても、何も感じなくなっていた。ただ目の前の自分の快楽に貪欲になるだけだ。

「軍曹、ここで自慰でもするか？」

正宗も鳴沢の変化に気づいたようで、含み笑いをしながら意地悪く声をかける。

「綾瀬少尉、君の大好きなクリップを乳首につけてやろう」

正宗が懐から小さな乳首用のクリップを取り出す。大粒のダイヤがついたクリップは、やはり彼が綾瀬のために外国の職人に作らせた特別なものだ。

「ありがとうございます、閣下」

「さあ、少尉、胸を突き出せ。お前にこれをつけてやれるのは私だけだな」

「はい……閣下だけ、です……っ」

乳頭をクリップで挟みやすくするため、綾瀬は自分で乳首を指の間に挟んで突き出す。

ひんやりとした金属のクリップが両乳首につけられる。挟まれる痛みに一瞬声を上げそうになったが、すぐにそれは狂おしい快感へと変わった。

「引っ張ってほしいか？」

正宗がクリップを指に引っかけ尋ねてくる。もうそれだけで、綾瀬の躰は期待から快感の嵐(あらし)が吹き荒れた。それは鳴沢の存在さえも吹き飛ぶような嵐だった。綾瀬はとうとう目を閉じた。

なけなしの理性が千切れ千切れになって、飛び散っていくのがわかる。

「……はい、お願いです。乳首を引っ張ってください」

両乳首を同時にゆっくりと引っ張られる。じんわりとした快感が下半身にダイレクトに伝わり、貞操帯の中の綾瀬の雄が愉悦の悲鳴を上げた。

「ああっ……もっと……」

玩具の振動は全身に伝わり、小刻みに揺れながら引っ張られるクリップに、綾瀬は快感の息を吐く。

早く達きたくて綾瀬の腰が艶かしく動く。だが、筒はあくまでも正宗の男根よりも細く、どうしても満足のいく快感が得られないのも事実だった。

深い闇の底から湧き起こる淫靡な誘惑に、もはや抗うことができない。

「閣下……だめです。足りない……閣下のでなければ……足りません」

「私が欲しいか？」

「欲しいです……どうぞ、閣下のこれを挿れてください」

綾瀬は『これ』と言いながら、躰を折り曲げ、正宗の下半身に唇を寄せた。何度も教えられた、トラウザーズのジッパーを口だけで下ろす技もすっかり覚え、綾瀬は易々と正宗の雄へとたどり着いた。

「閣下……」

正宗の雄を躊躇いもせず、ゆっくりと舐める。おねだりの仕方も正宗に教えられたものの一つだった。

「仕方ないな。貞操帯の鍵を外してやろう。その代わり、前の紐は取らないぞ。いつもの通り、射精せずに達くんだ」

「はい、閣下。射精はいたしません」

正宗の雄が挿れられると思うと、躰が熱に浮かされているような感じになり、俄かに興奮する。

鍵が外され貞操帯が床に落ちる音と同時に、綾瀬は正宗に臀部を向けて床に四つん這いになり、自分の蕾を指で広げて見せた。

「いい具合に解れているようだな。そのまま私の膝の上に、鳴沢軍曹のほうを見て座るんだ。彼にお前の達くところを見せてやれ。そうしたら、もっと気持ちのいい褒美をやるぞ」

耳朶に舌を挿れられ、しゃぶるようにして囁かれる。

綾瀬はゆっくりと正宗の上に乗り、彼の屹立を飲み込んだ。目の前には瞠目している鳴沢の顔があるが、クスリのせいでそれもあまり異常だとは感じなくなっていた。

「あああっ……」

未だ細い革のベルトで締めつけられている綾瀬の下半身が、射精をしたくて仕方ないとばかりに、ひくひくと動く。

さらに、先端にある尿道の孔を塞ぐように、ダイヤのヘッドを持つプラチナのピンが刺さっていて、綾瀬の下半身が震えるたびに、妖しく煌めいた。

「ここを弄ってやると、お前は悦ぶんだったな」

正宗は先端のダイヤのピンでぐりぐりと綾瀬の尿道を弄った。

「やあっ……あああっ……ああああっ……」

正宗を受け入れてすぐだった。綾瀬は射精せずに達った。

痙攣したかのように躰をぴくぴくさせると、やがて正宗の胸に背中から倒れ込んだ。

胸を大きく上下させ、激しい息を整える。

「少尉……上手に達けたな。ドライオーガズムを覚えれば、何度も達けるようになる」

「あっ……ありがとうございます、閣下……ああっ……はあはあ……」

綾瀬が息も絶え絶えに答えると、まるでご褒美を与えるかのように、正宗は綾瀬の首筋に口づけた。そして目の前の男を挑発する。

「綾瀬少尉を抱きたいか？　軍曹」

「くっ……」

「抱きたいだろうな。近くにいてもなかなか手が出せなかったんだろう？　ぐずぐずしているから、他の男に盗られるんだ」

正宗が綾瀬のクリップに挟まれた乳首をこりこりと抓りながら、悔しそうに顔を歪める鳴沢を見つめた。

「――だが、君がガードをしていたお陰で、綾瀬少尉が無傷でいられたのは確かだ。それは感謝に値しよう」

「あなたなどに感謝されたくはない！　俺はチャンスが来たら閣下を殺す！」

「殺す、か。多くの人間に言われすぎて、少々聞き飽きたな。残念なことだが、私にそう言って、今まで成功させた人間はいない」

「俺が成功させる。綾瀬の清らかな心を穢したことは、絶対許さない」

「それを、君が言うか。所詮、私と同じ穴の狢だというのに……ふん、少尉を抱かせてやろうか？」

正宗がいきなりとんでもないことを口にし、鳴沢の目が大きく見開く。

「なっ、心にも思っていないことを口にするな。あなたが綾瀬に以前から執着しているのは知っている」

鳴沢の言葉に、ふと正宗の双眸が細められる。

「……知っている、か。生意気なことを言うのだな。私の気持ちなど、私自身にしかわからぬというのに。いや、私自身もわからぬというのに、知っていると告げる君もなかなかの傲慢だな」

「あなたには言われたくない」

「君が、私が彼を抱いている間、何も仕掛けてこなかったのは、綾瀬少尉の媚態に見惚れていたからであろう？　本当なら私を殺せるチャンスだったかもしれないというのに。まあ、簡単には殺されはしないがな。それでも、今は私の命を狙うには、充分な時間があったはずだ」

「っ……」

「少尉の下半身の紐を解けば、彼の精液がたっぷりとここから溢れるだろう。この熟れた果実の汁を飲みたくはないか？」

「な、何を馬鹿なことを……っ」

口では否定しながらも、明らかに鳴沢は気が動転している様子だった。

「今ならこれも理性を失い、快感で朦朧としているから、君に素直に抱かれるだろう」

「くっ……」

鳴沢の喉が鳴る音が、綾瀬の耳にも聞こえた。

「少尉を抱かせてやる。だが、これが最初で最後だ。君はいずれ私が殺す。今夜は長い間、綾瀬を愛していたにもかかわらず、手を出さずに見守っていた君に敬意を表して、特別に抱かせてやる」

正宗はそう言って、綾瀬の下半身を締めつけていた革の紐に手をかけた。

「少尉、今度は射精させてやろう」

朦朧としていて、綾瀬が正宗の言葉を理解しないうちに、前の紐が解かれる。それと同時に、正宗が後ろから激しく綾瀬を責め始めた。

「ああっ……閣下、そんな……激しいっ……あああ……かっ……か……ああっ」

綾瀬の先端のピンが抜かれた。途端ぷっくりと雫が溢れ出る。

「さあ、存分に出せ、綾瀬少尉」

「あっ……」

無意識に顔を左右に振ると、正宗が容赦なく綾瀬の下半身を握りしめ、強く扱いてきた。

壮絶な快感の塊が破裂し、綾瀬を飲み込む。

「あああああっ……」

「くっ……綾瀬っ！」

突然、鳴沢が咆哮したかと思うと、綾瀬の股間まで走り寄り、淡い茂みの中でわなわなと震える下半身を口に含んだ。そのまままきつく吸われる。

「あっ……ああっ……だめ……出る、出るからっ……あああっ」

後ろは正宗に責められ、前は鳴沢に咥えられ、どうにもならないほどの愉悦に翻弄される。男二人がかりでの愛撫に綾瀬が敵うはずもなかった。

鳴沢が綾瀬を咥えながら己を手淫で慰めているのが、綾瀬の目に映る。その淫猥な様子に綾瀬の下半身がさらに張り詰めた。

「あああ……達くっ……あああああっ……」

我慢に我慢を重ねていたため、とうとう我慢しきれずにたっぷりと鳴沢の口内へと射精してしまった。大量に出たのに、まだ足りぬとばかりに鳴沢は口を窄めて、出尽くした綾瀬の先端をさらにきつく吸ってきた。

「痛いっ……あぁっ……」

一滴残らず吸い尽くされるのではないかと思うほどだった。そうしているうちに、綾瀬の腹にも生温かい飛沫がかかった。鳴沢も達ったのだ。彼の精液が綾瀬の腹の上に艶かしく光る。

「さあ、鳴沢軍曹、次は綾瀬の中に挿れさせてやろう」

正宗は無造作に綾瀬から己を抜くと、綾瀬を床に座らせ、そして甘く命令した。

「少尉、四つん這いになって、軍曹に尻を見せてやりなさい」

「あ……」

クスリが効いているといえども、さすがにそれは躊躇った。そんなことを鳴沢にしていいはずがない。

床に手をついたまま正宗を見上げると、彼の指がするりと首輪を嵌めた綾瀬の喉を撫でてくる。まるで猫か犬にでもなったような錯覚に陥り、心地よさに目を瞑った。

彼の指がゆっくりと乳首のクリップにたどり着き、クリップに挟まれ感覚がなくなっている乳首を抓る。なんとも言えない焦れったい痺れに、綾瀬は甘い声を上げた。

「あ……くぅ……」

目の前には正宗の大きくて硬い男根がある。まだ綾瀬だけ達かされただけで、彼は達してはいないのもあって、立派なものだった。

思わず綾瀬は正宗の下半身に舌を這わせた。欲しくて、欲しくて仕方がない。彼の熱を受け入れていないことに、どこか欠けたような想いさえ抱く。だが、正宗はそっと綾瀬の顎のラインに沿って指を這わせたかと思うと、フェラチオをやめさせた。

「だめだな、少尉。まだ褒美はやれないな。鳴沢軍曹に挿れてもらうんだ。挿れやすいように尻を上げてやりなさい。上手くできたらミルクの時間にしてやろう」

「あ……」

胸にジワリと意味のわからない快感が広がった。お預けを食らうことに、クスリのせいか興奮してくる。

「まだまだ夜は長い。お前が何度も達けるように、こうやって堰き止めておいてやろう」

そう言って、正宗は綾瀬の尿道にまたダイヤのついたピンを差し込んだ。

ぐりぐりと押し込まれ、そこからまた快感の焔が燃え上がる。

「あああっ……あ、ありがとう……ございます、閣下……ああっ」

「さあ、四つん這いになって、軍曹に挿れてもらうんだ」

綾瀬は命令されるまま、床に四つん這いになり、臀部を鳴沢に向けた。

「鳴沢……挿れ……ああっ」

綾瀬が言い終わる前に、鳴沢が腰を強く摑み、一気に己を綾瀬の中へ突き立てた。

「あああっ……」

奥まで鳴沢が攻め込んでくる。正宗以外の人間を自分の中に挿れたことのない綾瀬は、一瞬恐怖に戦(おのの)いた。

「やっ……恐い……」

目の前の椅子に座っている正宗に救いを求めた。

「閣下……恐い……ああっ……」

鳴沢が綾瀬に構わず激しく腰を突き動かす。その激しい抽挿に驚くしかなかった。こんなふうに躰が心配になるほどひどく責められたのは初めてだった。鳴沢の抱き方から、実は正宗が意外にも普段から、綾瀬を労(いた)わって抱いていることがわかり、佐々木の言葉が蘇(よみがえ)る。

『でも綾瀬さん、躰に傷一つ、つけていたことありませんよね。大事に抱かれているんだなぁって、いつも思っていました』

彼の言う通りだ。正宗には躰を気遣って抱かれている。

「か、閣下……」

手を伸ばすと、正宗が椅子から下りて床に跪(ひざまず)き、綾瀬のすぐ傍まで近づいてくれた。

「閣下……」

綾瀬の伸ばした手を正宗が摑んでくれる。

「少尉、お前の中にいるのは私だと思え」

そのまま激しく唇を奪われる。正宗がひとしきり口腔を弄ると、綾瀬の唇に吐息が触れそうなくらいの距離で囁いてきた。

「お前の唇は私だけのものだ。私以外の男には触れさせるな」

「……閣下……あっ」

大きく鳴沢によって揺さぶられる。だが快感は思うほど溢れてこなかった。自分の中にいる男が正宗でないだけで、快感がこうも違うものなのだと躰で実感する。

「褒美だ、少尉。咥えるがいい」

正宗から許可がやっと出て、綾瀬は縋るように彼の下半身に唇を寄せた。こうすることによって、自分に挿入している男が正宗だと思い込むことができた。

次第に安堵の想いが胸に広がる。

どうして——？

陸軍大学校時代から恋焦がれていた鳴沢に、本意でないとしても抱かれているというのに、躰が求めているのは正宗であるという事実に、綾瀬は混乱した。安らぎまで覚えるのはなぜなのか考えるだけで、鳴沢に対してとは違う種類の恐怖が生まれる。

憎いのに——。自分のこんな卑しい姿を暴き、鳴沢に見せつける彼が、憎いはずなのに

──。

「いい子だ……少尉。もっと喉の奥まで私を咥え込め」

喉を指で擽られながら、奥へと正宗を咥え直す。混沌とした思いを抱えているにもかかわらず、躰は言われるまま従ってしまう。

「歯を立てずに、そう……飴を転がして舐めるように……しゃぶるんだ」

教えられた通りに舌を動かす。

「頬に力を入れてきつく絞れ、そうだ……上手だ」

正宗を達かせたくて、綾瀬は顎が疲れ痺れてくるのにも構わず、必死で舌や唇を動かした。

いっぱいに膨らんだ綾瀬の頬を、正宗の長い指がさすってくる。彼を口に咥えているせいか、そんなところまでが綾瀬の性感帯となり、触られるたびに下半身にじんじんとした熱が生まれた。そのため、後ろで咥えている鳴沢をついギュッと締めつけてしまう。

「んっ……」

鳴沢が低い声で唸る。

「綾瀬、軍曹をそんなに締めつけてやるな。加減してやれ。すぐに達ってしまったら、お前も愉しめないだろう？」

正宗はそう言いながらも、また綾瀬の乳首を弄び始める。それと同時に綾瀬の項に温かい湿った感触が生まれた。鳴沢が口づけをしたのだ。

「っ……」

項から肩甲骨へと唇が滑り落ち、薄い皮膚の部分を甘嚙み(あまが)される。痛いはずなのに、正宗に乳首を愛撫されているのと合わさり、壮絶な快感が綾瀬の中に湧き起こった。

声を上げそうになるも、正宗を口に含んでいるため、嬌声を上げることはできなかった。その代わり、後ろの鳴沢を思いきり締めつけてしまう。

「綾瀬……いいっ……」

鳴沢が熱に浮かされるように呟く。

熱く硬いものが綾瀬の奥の奥まで突き進もうとして、狭い場所を押し広げていく。綾瀬の内壁が、待ちかねたように鳴沢の欲望に貪欲に絡みつく。

だが、物足りなかった。いつものとは違う感触に綾瀬は悶えた。

「か、閣下……」

綾瀬は口から正宗を外し、縋った。

「閣下……私は閣下がいいです……お願いです……私を抱いてください」

「綾瀬……」

正宗が驚きを露(あらわ)にし、綾瀬を見つめてきた。

「閣下っ……あああっ」

鳴沢の抽挿が激しくなる。綾瀬が正宗を求めるのを良しとしないのだろうか。大きく躰を揺さぶられた。

綾瀬の目尻から涙が溢れ出す。快感からなのか、苦痛からなのか、それとも正宗に抱いてもらえないことが悲しいのか——自分でも理由がよくわからなかった。

その涙を正宗がそっと唇で拭い、囁いてくる。

「もうしばらくの我慢だ。鳴沢を達かせることができたら、後で抱いてやる」

「あっ……」

今抱いてほしいという己の望みが叶わないことに、綾瀬の気持ちが消沈する。だが容赦ない鳴沢の責めにすぐに意識が飛ぶ。

「や……めっ……ああ……」

鳴沢の熱い塊に貫かれ、声を上げる。

「きつい……綾瀬。もっと力を緩めてくれ」

鳴沢が綾瀬の臀部を軽く叩いて、催促してきた。

「そんな……でき、ないっ……」

鳴沢の動きが激しく、めきめきと躰が引き裂かれそうだ。

「ああっ……」

あまりの愉悦に喉を反らした。まるで雷にでも打たれたかのように、足の爪先から頭のてっぺんまで壮絶な痺れが駆け巡った。

鳴沢の太くて大きいものが綾瀬の最奥まで犯す。火傷しそうな感覚に、綾瀬は眩暈を覚えた。

「まったく他の男でもそんなに感じるとは……嫉妬を覚えるな」

正宗が震える綾瀬の頬に手を遣ると、人の悪い笑みを浮かべた。

「綾瀬、口が留守になっているぞ。さあ、私を咥えて達かせろ」

「あっ……閣下、今すぐ……に……っ」

綾瀬は再び正宗の欲望を口に含んだ。途端、鳴沢が再び腰を激しく打ちつけてきた。

奥まで突かれ、それを味わうように締めつけると、絶妙なタイミングで引き抜かれる。

壮絶な痺れに躰を支配され、その甘い熱に犯された内壁を力強く擦り上げられた。

「んっ……」

鳴沢に責められても口に正宗を咥えているため、くぐもった声しか出ない。

上からも下からも男根を咥え込み、自分がどんな痴態を演じているのかと考えると、恥ずかしさと同時に、躰の奥底から狂ったように快感が湧き起こる。

もう何も考えられなかった。早く二人の精液をこの身で受け止め、自分も最高の快楽に浸りたくてたまらなかった。

あ……もっと――。

自分でも信じられない言葉が脳裏を占める。下半身をダイヤのピンで堰き止められてはいるが、それでも漏れてしまった先走りの汁は、ピンの先端を飾るダイヤを妖しく輝かせていた。

腰を振って鳴沢を挑発すれば、彼が己の肉棒をグラインドさせ、さらに綾瀬を責め上げる。激しく責められるまま、口に含んだ正宗を必死で愛撫した。

狂気の熱が一気に濁流となって綾瀬に襲いかかり、意識が遠のきそうになるのを、懸命に留めながら三人で快楽を共にすることに専念する。

「くっ……」

鳴沢の短い唸りが綾瀬の背中から降ってきた。

すると綾瀬の躰のどこが底かわからないほどの奥で、熱い飛沫が弾けるのを感じた。鳴沢が達したのだ。その刺激にまた綾瀬も射精せずに達する。勃起した綾瀬の下半身に刺さるダイヤのピンが、小刻みにぴくぴくと艶かしく震えた。

ほぼ同時に、生温かい雄の孕み種も綾瀬の口の中に放たれた。正宗も達したのだ。口からも尻からも精液を流し込まれ、綾瀬は躰の細胞一つ一つまで、彼らの精液に溺れてしまうような錯覚を覚えた。

「全部飲み込め、少尉」

正宗が綾瀬の頭を上から押さえつけ、己の下半身に引き寄せる。

血肉のすべてが彼らの精液に犯されるようだ。

綾瀬は正宗のものを、喉を鳴らしてすべて嚥下した。飲み干したそばから、恍惚とした悦楽が胸の内から溢れてくる。

「よくできた、少尉」

正宗がそう言いながら、綾瀬の濡れた唇を指で拭ってくれた。

「ありがとうございます、閣下……あああっ」

いきなり嬌声を上げてしまった。まだ綾瀬から抜いていなかった鳴沢が、再び腰を動かし始めたのだ。綾瀬の腰を強引に引き寄せ、また奥へと男の欲望を捻じ込んできた。

「あっ……もうっ……これ以上はっ……」

どこまでも奥へと入り込んでくる熱に、快感に敏感になった綾瀬の躰が拒めるはずがない。逃げたくとも逃げられず、鳴沢に押さえつけられ、躰の奥まで貪られる。

「やっ……もう、だ……め、限界っ……ああっ……」

「綾瀬……ずっとお前のことが好きだった……」

激しい行為の中、鳴沢が吐き出すように言葉を告げた。

「な……鳴沢っ……ああっ」

綾瀬の意識が激しい行為で、一瞬飛びそうになる横で、正宗がふと息だけで笑った。

「フッ、感動的な告白シーンだったな」

鳴沢に視線を移す。

「本当に感動的だと思うなら、ご自分が無粋であることにも気づいていただきたい、正宗少将」

鳴沢も鳴沢で、少将でもある正宗に対して、引こうとする気配はなかった。

「まあいい。今夜が最後だ。軍曹、君にはもう二度と少尉には触らせない。君たち二人とも、これできっぱりとお互いを忘れるんだ」

きっぱりとお互いを忘れる——？

意味がわからなかった。鳴沢の命乞い（いのちご）いで正宗の愛人にはなったが、鳴沢と縁を切ることなど一度も約束したことはない。

「闇……下」

聞き直そうと思っても、襲いくる快感の波に意識を持っていかれ、まともに思考能力も働かなかった。

そのまま綾瀬は淫猥な愉悦に身を沈め、本能が求めるまま、刹那の快楽を貪り始めたのだった。


ベッドが軋（きし）んだ音で、綾瀬は沼から這い出るような重い感覚で目を覚ました。

蜜夜の狂宴が終わり、正常な判断が徐々に綾瀬に戻ってくる。

正常に戻れば戻るほど、身も心も氷のように冷たくなり、魂が切り裂かれるような痛みを発した。

胸から込み上げてくるのは怒り、憎しみ……そして何よりも胸を震わせたのは悲しみだった。

自分は一体何をしているのだろう。

すべてが何もかも意味のないものに思えてくる。自分の存在さえもだ。

綾瀬がだるい躰をベッドからどうにか起こすと、部屋の窓から外を眺め、葉巻を口にしている正宗が視界に入った。鳴沢の姿はない。

鳴沢は――？

鳴沢の所在が気になったが、それを口にするのも気が引けた。

なぜか、鳴沢の心配ばかりをしていると、正宗に思われたくなかった。

そんな思いを持つことに、少しずつ自分の中にあった鳴沢に対する位置づけが、ずれ始めているのを感じずにはいられない。愛していると思っていた感情が、実は違うものだったような気がしてくる。

なぜこんな想いが――。

鳴沢と寝てしまって、綾瀬は躰で彼への感情の思い違いを感じてしまった。愛していると思っていた男と躰を重ねたのに、愛しているというよりは恐怖のほうを強く感じた。だが問題なのは、それよりも正宗の熱を求め、悶えたことだった。

好きだった男よりも、違う男を求める自分に罪悪感さえ覚える。

そして自分が見せた、あの痴態。

いくら催淫剤を飲まされたからといっても、あの乱れようを鳴沢に見られてしまったかと思うと死にたくなる。しかも正宗も交えて三人で愉しむという理解しがたいことをしてしまい、伯爵家の子息として厳しく育てられた綾瀬には、さらに心の負担も大きくなっていた。

「少尉、起きていたのか？」

窓辺で佇(たたず)んでいた正宗が、やっと綾瀬に気づき、声をかけてきた。彼にしてはぼんやりとしていたようだ。

ふと、そんな正宗の様子が気になったが、彼が声をかけてきたことによって、綾瀬はそれ以上、考えるのをやめた。

正宗は近くの灰皿に葉巻を押し潰(つぶ)すと、綾瀬のベッドの傍へとやってきた。

「躰は大丈夫か？　傷をつけた覚えはないが、どこか痛むところはあるか？」

「……ありません」

肌を重ねるたびに、ベッドでの行為とはうらはらに、正宗は綾瀬の躰を気遣ってくれる。

綾瀬もいつもなら、すぐに起き上がりシャワーを浴びるのだが、今朝はそんな気にもならなかった。多くのことで胸が押し潰されそうで、それに耐えるのが精一杯だった。

綾瀬は視線をシーツの上に落とし、口を閉ざす。しばらく沈黙が流れた後、正宗がぽつりと呟いた。

「鳴沢軍曹だが——帰ったぞ」

反射的に顔を上げる。正宗のどこか寂しげで澄んだ瞳とかち合った。

捕まることなく無事に帰ったことに安堵しつつも、鳴沢より、そんな表情をする正宗のことが気にかかった。だが、それに対してどんな言葉をかけたらいいのかもわからない綾瀬は、一言声に出すのが精一杯だった。

「……そう、ですか」

それ以上何も言えずに、綾瀬は再び視線を落とそうとしたとき、いきなり正宗が言葉を続けた。

「彼について、何か私に言いたいことがあるんじゃないのか？」

再び正宗を見上げる。彼の表情がやはり曇っているのがわかる。後悔でもしているような、そんな表情だ。

「一つだけお聞きします。どうして鳴沢を行為に巻き込んだのですか？」

まっすぐ目を逸らすことなく、正宗を見つめる。彼もまた綾瀬の視線をしっかりと受け止めてきた。

「お前が、そして軍曹が後悔しないように、だ」

後悔――――？

何を後悔すると言うのだろう。

「意味がわかりません」

「わからなくていい。だが、いずれわかるときが来るかもしれないが……」

ふと正宗が笑みを零した。やはり意味が摑めなかったが、自嘲的にも見えなくもなかった。

「他には？　私を責める言葉でもいいぞ、少尉」

「……他には何も言うことはありません。今さら何を言っても、何かが変わるものではありません」

恨み言も今さらだ。元凶のすべてはあの嵐の夜、正宗と取り交わした契約にある。しかも誰かに脅されて仕方なくしたのではなく、綾瀬が自分自身で決めたことだ。誰を責めようもない。そして誰を頼ることもできない。

綾瀬はシーツを強く握りしめ、孤独に一人耐えた。だがそんな綾瀬の頭を正宗はそっと撫でた。

「……お前がそれでいいなら、いい」

え……。

胸がおかしいほどざわめく。だが正宗の手はすぐに綾瀬から離れていった。

そのまま正宗は綾瀬のベッドへと腰を下ろし、声を潜めた。

「鳴沢軍曹がスパイという話が持ち上がっている」

「スパイ……？」

ドクンと綾瀬の胸の鼓動が大きく鳴った。頭の中で警鐘が鳴り響く。

「これから先、軍曹と接触するな」

綾瀬は逸る鼓動を宥めながら、鳴沢がここへ来たときに綾瀬に告げてきた言葉を思い起こした。

『俺は大和帝国を裏切る』

『ロゼルに寝返る』

鳴沢はそう言って、綾瀬にも一緒に帝国を裏切るように誘ってきた。

あ――。

それで昨夜、正宗が、きっぱりとお互いを忘れろと告げた意味がわかった。

あの時点で、鳴沢がスパイである可能性が高いことを知っていたのだろう。だからこそ綾瀬と鳴沢の関係にピリオドを打たせようとしたに違いない。

スパイと憲兵隊の兵士が繋がっていると他の部署の人間に知られたら大変なことになる

だろう。

「彼は秘密裏に特使で帝都に来ているが、軍部の誰も彼と接触した形跡がない。それよりも派遣した第三師団の師団長でもある三崎将軍もろとも、クーデターを起こそうと企てている節がある」

「三崎将軍が……」

大和帝国の無敵将軍と名高い英雄が、国を裏切ろうとしているかもしれないことに、少なからずショックを覚えた。

「お前が鳴沢と接触すると疑われる。元々憲兵隊自体も軍の中では嫌われ者だ。仲間を告発し逮捕することもあるから、裏切り者だと罵る者もいる。少しでも怪しいところを見せれば、お前も冤罪を着せられる可能性がある。気をつけろ」

「……はい」

とても正宗には言えない。本当に鳴沢が帝国を裏切る気でいることを正宗が知れば、絶対に鳴沢を捕らえ、そして死刑へと導いてしまうだろう。だが、黙っていたら今度は綾瀬自身が国を裏切る行為をしてしまうことになる。

鳴沢が裏切り者であるならば、綾瀬は憲兵隊として彼を捕まえなければならない。

本気で国を裏切るつもりか？　鳴沢……。

できればそんな大罪を鳴沢に犯してほしくない。帝国の転覆を狙っていても、行動に出さずに終わってほしい。

どうしたら……。

綾瀬は無言で正宗を見上げた。彼の鋭利な双眸がさらに細められる。

綾瀬は乾いている喉をひくつかせながら、言いたくない言葉を口にした。

「閣下、鳴沢軍曹を捕まえなければ――」

そう提案するだけで鳴沢を裏切っているような気にもなる。しかし綾瀬は国を守る軍人としての責務がある。恋心でそれを放棄してはならない。それに、クーデターか何かを起こす前に彼を捕まえれば、死刑にならずに済む可能性も高くなる。

鳴沢に、こんな国に仇をなすような不名誉なことで命を散らしてほしくはない。

「……お前からそんな言葉を聞くとは思ってもいなかったな」

正宗が茶化したように返答してきたが、驚いてもいる様子でもあった。

確かに鳴沢の命乞いをした。そのために愛人契約もした。正宗はもしかして契約のために鳴沢を見逃そうとしているのかもしれないが、それは正宗にも国を裏切らせてしまうことになる。

国を揺るがす一大事に直面している今、一個人の感情など塵にも等しい。正宗の立場ならば、綾瀬との約束など反故にしなければならないというのに――。

「私は鳴沢の命乞いをしましたが、それとこれとは話が違います」

綾瀬は鳴沢が本当に謀反を企(たくら)んでいることを、正宗に知らせようと決意し口を開いた。

「閣下、鳴沢は……」

「綾瀬少尉。お前は鳴沢軍曹について、これ以上何も言わなくていい」

鳴沢が国を裏切るつもりだと言おうとすると、それを聞かずして正宗が綾瀬の言葉を遮った。

「……どういう意味ですか？　閣下」

「言葉通りだ」

鳴沢について知っている情報を言わなくていいということなのだろうか。

正宗がこのホテルの部屋に来る直前、綾瀬と鳴沢のやり取りを耳にしているかもしれない。いや、している。しているからこそ、二人の会話を止めに入ったのだ。

あ……。

ここで初めて綾瀬は正宗の立場に気づいた。鳴沢や自分のことばかり考えていたが、スパイである可能性がほぼ間違いない鳴沢を、みすみす見逃がしたとなれば、正宗こそ立場が危ないのではないか――。

それは、正宗も冤罪を被りかねないことを意味する。

どうして――。

「閣下」

正宗がベッドから立ち上がる。

「私は先に軍部に戻る。綾瀬少尉は服装を整えたら、すぐ来るように」

口を開きかけた綾瀬を拒むかのように、言葉をぶつけ、そして踵(きびす)を返した。

「閣下……！」

正宗は綾瀬の言葉に振り返ることなく、部屋から出ていった。残ったのは葉巻の残り香と、綾瀬の胸に渦巻く不安だけだった。

そして翌日。大和帝国、第六十三代皇帝・清洲(きよす)が何者かによって暗殺され、帝都を騒然とさせたのだった。

■
Ⅳ
■

「なんてことだ！」

叫び声に近い悲痛な声が会議室に響き渡る。誰もがこの非常事態に半狂乱となっていた。

「陛下が暗殺されただけではなく、皇太子、豊国(とよくに)様が敵軍の手に落ちるとは、護衛の者は何をしていた！」

「半分は殺され、半分は敵に寝返ったようでございます」

帝国軍は皇帝暗殺の知らせを受け、暗殺者討伐のため軍を出したのだが、突然現れたロゼルの軍や平民出身の軍人が中心になった反乱軍の攻撃に遭い、撤退を余儀なくされた。

現在は、わずかばかり残った軍勢で軍本部の建物に立て籠(こも)っている状態だ。まさに帝国では前代未聞のクーデターが起き、それが成功しつつあった。

「皇帝の仇討ちもできぬとは、なんたる体たらくっ……」

高い塀で囲まれた軍部の外は、敵の機甲隊によって包囲され、戦うどころか許可なくして外へ出ることも許されなかった。

それゆえ、せめて敵に建物内部を見られないようにするため、窓も閉ざした薄暗い会議室で、将軍をはじめ大勢の幹部で長時間にわたる会議をしていた。

綾瀬は正宗に付き添い、会議に同席していた。事態は深刻だった。

今朝になって、ロゼルの軍勢は帝都を占拠した。まだロゼル軍が九留留目山で足止めを食らっているという偽の情報を信じていた帝国軍にとっては、まさに寝耳に水で、帝国側の迎撃隊は全滅させられた。

どうやらここ数日のうちに、すでにロゼルの軍は帝都の近くまで進軍していたようだった。その先鋒として鳴沢ら、平民出身の兵士らが帝都に潜入し、皇帝を暗殺した上、皇太子を拉致したのだ。

「くそ……最初から三崎将軍もグルだったとは」

三崎将軍からのロゼル軍の足止めをしたという報告は最初から嘘だった。実際は足止めをしたのではなく、合流したのだ。

そして裏切り者は軍本部にもいた。平民出身の通信兵らが敵と通じ、見て見ぬ振りをしてロゼル軍の異常な動きを上に報告しなかったのも、今回の奇襲攻撃を成功させた要因でもあった。

様子を確認するために派遣した先遣隊も、味方であるはずの三崎将軍が率いる軍勢によって討たれ、軍部との連絡が途絶えたことが後で発覚した。

わざと軍部の目をロゼルが進軍してきたことに向けさせ、裏では皇帝暗殺の計画を進めていたのだ。

そしてそれには大勢の兵士らによる裏切りが大きく影響していた。

「くっ……帝都だけでなく各地方都市でも、三崎将軍らの反乱に合わせたかのように平民によるクーデターが起きているとの報告も入っている」

多くの平民と平民出身の兵士らが、ロゼル軍とともに現在帝都を占拠し、軍上層部の人間をここ軍本部に閉じ込めていた。

「反乱軍とロゼル軍による連合軍からは、これは独裁政治を強いる帝国、大和帝国の国民を救うための戦争であり、敵は腐りきった軍の上層部や貴族だけ、一般の兵士にまで危害を加えるつもりはない、投降せよと、連絡が入っております」

「何が独裁政治だ。何が投降だ。腐りきっているのはお前たちだろうに。我々は平民を虐げたことはないぞ」

一人の幹部軍人が吐き捨てるように言うが、綾瀬にはそうは思えなかった。平民出身の軍人が、多くの不満を抱えていたことは知っている。

それに、いずれはこうなる日が来るだろうと予感もしていた。

「だが、世界各国が彼らの言葉に賛同しておる。我が国を独裁帝国だと罵る国が多いのも事実だ。まったく……どうなっておる」

「嫉妬だ。我々が神に護られし国を支配していることに嫉妬しているに決まっている。多くの国々が我らの国が欲しくて、暴徒らを唆し、反乱を企てたに違いない。我々を追い出したいだけだ。彼らのような烏合の衆に降参などしてみろ。すぐに我先に、と多くの国々が侵略し始めるぞ」

貴族出身というだけで階級を貰った、未来の読めない上層部らが、お互いに意見を述べ合ってもすでにこの国を立て直すのは無理であることは、綾瀬でもわかりきっていた。正宗にも当然わかっているだろう。だが、正宗は先ほどから何も意見を口にせず、黙っているばかりだ。

「しかし豊国様を人質にとられては、我々もどうすることもできまい」

「なら、投降すると言うのか。あちらは貴族出身の参謀クラスは死刑に処すと宣言してきているのだぞ！」

連合軍は平民の軍人には危害を加えないが、貴族の、それも今回の戦争を指揮していた参謀クラスの人間は死刑にすると明確に告げてきていた。

ここにいるほとんどの人間がその対象となる。

「豊国様のお命を助けるためには、我々が犠牲にならねばならぬというのか……」

第六十三代皇帝・清洲が暗殺された後は、この豊国という少年が事実上の軍部の最高司令官、征夷大将軍となる。現在軍部は最高司令官を欠いた状態なのだ。

帝国自体だけでなく、軍人という立場にとっても、豊国は何よりも大切な人物となる。

「私が豊国様奪還の手筈を調えましょう」

突然、それまで口を閉ざしていた正宗が動いた。

「正宗少将……あなたが動いてくれるのか」

「亡き陛下、清洲様には可愛がっていただきました。そのご子息とあれば、私が助けるのが筋というものでしょう」

正宗の伯母が皇帝の生母であり、皇帝と正宗が従兄弟であるのは、誰もが知っている事実だ。

「何か良い策があるのか」

「まずは平和的に連合軍側に話し合いの場を持ちかけます。投降という形ではなく、違う方法で豊国様をお返しいただくように交渉しようと思っております」

「そんな生ぬるい。弱々しい態度では、あちらの思うツボだ」

「あくまでも平和的に、です。これ以上、好戦的な態度をとれば、ますます我々の立場が悪くなるでしょう」

「しかし交渉をすると見せかけて、殺されるかもしれんぞ。何しろ敵陣へと入るのだからな」

「交渉には、ここにいる綾瀬少尉に行かせるつもりです」

「閣下……」

思わぬ言葉に、さすがの綾瀬も声が出てしまった。

「綾瀬伯爵の……。大丈夫か」

「かえって、彼のような中性的な容貌を持った人物のほうが相手の気も緩むでしょう。それに、綾瀬少尉は見かけとは違い、芯はしっかりとしておりますから、相手から何かしら良い条件をとってくるに違いありません。交渉の仕方については、後で改めて私のほうからも彼に指示するつもりです」

一瞬ざわつく。皆、綾瀬が交渉に行くというのに不安があるようだが、殺されるかもしれないという危険な任務を他に進んでしようとする人物もおらず、結局は綾瀬が代理人として交渉に行くこととなった。

「必ずや、良い条件で豊国様をお返しいただくように交渉して参ります」

「期待している。少尉」

初めて正宗から期待していると言われ、胸の内が熱くなる。彼に頼りにされることが、こんなにも綾瀬を喜ばせるものであることに驚きさえ覚える。

正宗閣下を支えたい――。この身に代えてもお守りしたい。

彼に信頼されたことで、綾瀬の胸に深い愛情が湧き起こるのを否めなかった。

「必ずや」

絶対に、この任務を成功させてみせる。

綾瀬は心に誓ったのだった。


交渉の場は、帝都の中心に位置する皇帝の館であった。今は連合軍の指令本部が置かれており、それだけでも大和帝国にとっては屈辱を覚えるものでもあった。

あれから綾瀬は正宗と綿密に打ち合わせをし、皇太子、豊国を返してもらえるよういくつかの取引案をまとめた。

綾瀬は名代として使者にたったが、あくまでも取引内容を提示し、相手からの回答を得ることが目的だ。即刻回答が得られなくとも、それ以上は食い下がるなと、きつく命令を受けている。

殺されるかもしれないからだ。

だが、綾瀬にとってはこの身に代えても豊国を奪回したかった。

正宗の副官らしく、彼の役にたちたい。これは最初で最後のチャンスかもしれないと心が逸る。

軍から連れてきた護衛をエントランスロビーで待機させ、通された部屋で待つこと数分。

やがて背後のドアが開いた。反射的にそちらへ振り向く。

「……鳴沢っ」

ドアの向こうから現れたのは鳴沢だった。

「旧帝国軍からの譲歩案を持ってきたそうだな、綾瀬」

「旧帝国軍とは無礼な。帝国軍だ」

失礼な物言いに、綾瀬は鳴沢を睨んだ。こうやって、彼と敵対する日が来るとは思ってもいなかった。

「悪かったな、呼び名などどうでもいいが、綾瀬の気に障ったなら謝ろう」

それも癇に障る言い方だった。綾瀬は何も答えず、鳴沢を睨み続けた。綾瀬の態度が軟化しないせいか、鳴沢は困ったように眉間に皺を寄せた。

「綾瀬、今まで悪かった」

「悪いと思うのなら、お前の力で豊国様を我々に返してくれ」

「俺は自分が最前線に回されなかったのを、お前が何かしら裏で動いているのだろうと勘づいていた」

綾瀬はそんなことを言いだす鳴沢の顔を見上げた。

「鳴沢、今はそんな話をしている時間などない」

「俺はお前が憲兵隊の正宗少将の副官になったことも、前線で聞き知っていた」

「……鳴沢、豊国様はご無事なのか？」

　緊迫した時間の中で、遠回しに何か言われても、今の綾瀬には苛つくだけだ。だが、鳴沢は綾瀬の質問に答えることもなく、話を続けた。

「お前が少将に俺の命乞いを条件に、躰を差し出したのだろうことも、大体は予測がついていた」

「鳴沢……っ」

「俺はお前のお陰で、帝都から離れ、軍部の目の届かぬ場所に配置され、クーデターを企てるには最高の環境を得ることができた」

　綾瀬は改めて鳴沢の顔を見上げた。綾瀬が決死の覚悟で正宗と契約したことに気づいていたというのに、鳴沢がそれを利用した形で動いていたことに少なからずショックを覚える。

　目の前の親友が、まるでまったく知らない他人に思えてくるのはなぜだ？

「っ……」

　胸にズシンと鈍い痛みが走った。綾瀬は恐ろしい何かに、知らずに加担していたような気がしてならない。

「俺はお前を犠牲にした。お前がそうやって俺のために時間を作ってくれることに感謝しながら、俺はロゼルや三崎将軍、そして不満を抱く兵士らを取りまとめ、クーデターを起こす準備を着々と進めた。それはみんな、綾瀬、お前が犠牲になってくれたお陰だ」

「私の……お陰？」

ただ親友の鳴沢の命を失いたくなかった。そのために正宗に命乞いをし、愛人契約まで結んだ。

それがクーデターを企てる手助けとなった——？

「犠牲などと言うなっ！　それに私はお前たちのクーデターに加担した覚えなどない」

「そうだ、綾瀬は知らずに、俺への友情だけで真摯に動いてくれただけだ。それを利用したのは俺だ。俺が悪い」

「——っ！」

瞬間、綾瀬は思いきり鳴沢の頬を叩いていた。

「そんなことをお前に言われたくない！」

綾瀬の純粋な思いを、鳴沢本人に穢されるとは思ってもいなかった。しかも綾瀬に犠牲という言葉を使い、哀れむようなことを言われるのもたまらなかった。

犠牲だなんて思ってもいなかった。対等な取引を正宗としていただけで、綾瀬自らも自分が犠牲になっているなどと、考えたこともなかった。それなのに——。

悔しくて涙が溢れそうになった。

「綾瀬、今度は俺がお前を守る。お前を死なせるものか」

鳴沢が綾瀬の肩をぐっと引き寄せ、抱きしめてきた。

「離せっ、鳴沢！」

綾瀬は必死で鳴沢の腕から逃れようともがいた。そこにいきなりドアがノックされる。

『鳴沢軍曹、いかがされましたか？　何か不都合でも』

ドアの向こうから、部屋の中の騒ぎを聞きつけてか、兵士の声がした。

「大丈夫だ。入れ」

鳴沢は小さく溜息をつきながら、ドアの向こうに答えた。同時に綾瀬の縛め(いまし)を解く。

「あちらでお前の話を聞こうと、お偉方が待っている。席を移動してくれ」

「……わかった」

綾瀬がドアに向かって歩こうとすると、両脇(りょうわき)から兵士が連行するような形で綾瀬を拘束した。

「何を！」

いきなり両腕を取られ、暴れようとしたところを、二の腕に服の上から注射を打たれたのが視界に入った。

「なっ……何を打った！　鳴沢っ！」

「大丈夫だ。有害物質じゃない。ただ、少し眠くなるだけだ」

「眠くな……る？」

そう口にした途端、恐ろしいほどの眠気が綾瀬を襲う。もう立ってもいられないほどだ。

両脇を兵士に抱えられていたため、倒れることはなかったが、膝から力が抜け、そのままくずおれるように、床へと沈む。

「な……る、さ……わ……っ……」

ぼやける視界の中、最後に鳴沢がすまない、と呟いたのだけは見えたが、後はすべて闇へと包まれていった。


涼しげな小鳥の声が綾瀬の鼓膜に届く。

綾瀬は心地よいリネンのシーツに顔を埋め、久しぶりに清々（すがすが）しい気持ちで目が覚めた。

窓からは柔らかな光が降り注ぎ、いつも聞こえる街の喧騒（けんそう）は一切聞こえてこない。

だが、ここに至って、ようやく綾瀬は自分の身に異常が起きていることに気づいた。

ここは薄暗い軍本部の建物ではないし、将軍らの悲痛な声も聞こえてこなかった。

どこだ――？

ゆっくりと躰をベッドから起き上がらせる。そこはどこか見覚えのある部屋だった。

「おはようございます。綾瀬様」

いきなり声をかけられ、驚いて振り向くと、メイドらしき女性が着替えを持ってドアのところに立っていた。

「お着替えをちょうど持って参りました。すぐに若をお呼びしますので、どうぞお着替えをなさってお待ちくださいませ」

若——？

よく状況が摑めない綾瀬を置いて、女性は部屋の外へと出ていった。

ここはどこだ？　確か注射を打たれて……。

恐る恐る立ち上がってみる。躰のどこからも痛みを発しているところはなく、拷問などを受けた痕もなかった。そのまま窓辺へと進む。

窓の外からは深い緑の森が見えた。

ここは美月池？

美月池とは貴族や有力者が好んで別荘を建てる避暑地の一つだった。

なぜ、こんなところに……。

「綾瀬！」

いきなり名前を呼ばれ、綾瀬は驚いて振り向いた。

「鳴沢……」

そうだ、ここは学生時代によく遊びに来た、鳴沢の美月池の別荘だ——。

綾瀬は鳴沢の顔を見て、ようやくこの場所に思いあたった。

「目が覚めたか……どこか具合の悪いところはないか？」

心配そうに尋ねてくるが、綾瀬は意識がなくなる直前のことを思い出し、表情を歪めた。

「どうして私はお前の別荘にいるんだ？　一刻も早く軍に帰してくれないか」

「綾瀬……」

彼の表情が一瞬にして曇った。再会してから、彼のこんな表情ばかりを見ている気がするが、仕方がない。

「それについては、後からゆっくりと話す」

「後からゆっくり？　やめてくれないか。今、ここで説明してくれ。鳴沢、私は任務を帯びて使者としてやってきたんだ。こんなところで時間をくっている暇はない」

あからさまに苛立ちを露にすると、鳴沢は仕方ないという表情をしつつ、言い聞かせるように綾瀬に話しかけてきた。

「綾瀬、お前は二日間、寝ていた」

「――なっ」

綾瀬は二日という信じられない時間に、驚きを隠せなかった。

「……それなら、なおさらだ。私を軍に帰せ。豊国様についての進捗状況も教えろ」

綾瀬はさっさとベッドに戻ると、先ほどメイドが置いていった服に着替え始めた。少しでも時間を短縮し、早くここを出発しなければならない。だが、鳴沢はそんな綾瀬の焦る心がわからないのか、ゆっくりと窓辺に凭れかかった。

彼の、のろのろとした動きに、綾瀬は苛つきながらも、視線だけで鳴沢に早く話せと催促する。すると、彼が小さく溜息をついて口を開いた。

「綾瀬、もう帝国軍はない」

「え？」

綾瀬は聞き違いかと思って、聞き直した。

「今、なんて、言った？」

「綾瀬、帝国軍は二日前、新政府軍とロゼル軍に包囲され、投降した。今は我々の監視下にある」

綾瀬の手から衣服が落ちる。

「鳴沢……何を。私が二日間寝ていたというのが本当なら、二日前といったら、私が妥協案を提案しに行った日だぞ。それを……」

「そうだ。お前をこちらに拉致したと同時に、油断していた軍部に攻撃を仕掛けたんだ」

「なっ……」

理解できなかった。綾瀬が意識を失っているうちに、軍が、正宗が攻撃され、そして投降したことが、とても理解できない。

「嘘を言うな！」

「嘘じゃない。それに、どうしてそんな嘘をつかないといけないんだ？　綾瀬、諦（あきら）めろ。

旧帝国はもう時代にそぐわなかったんだ。滅びるのが運命だった」

滅びるのが運命……。

その言葉を理解した途端、綾瀬の躰がガクガクと震えだした。自分を取り巻いていた世界が一瞬にして崩れ去ったのだ。生きる糧をすべて奪われたような錯覚さえ生まれた。

だが、それでもどうしても胸の内に残るものがあった。

「正宗閣下は——、正宗閣下はどうされたんだ！」

心に一番に浮かんだのは、皇太子の豊国でもなく、帝国の安否でもなかった。自分を陵辱し、狂気の快楽を仕込んだ男、正宗の顔だった。

「現在は独房で監禁されている。誰であろうが会うことは許されない状態だ」

鳴沢の説明を聞き、綾瀬はすぐに床に落とした衣服を拾い、着替え始めた。なんとしてでも正宗に会い、助け出さないとならない。すべてを失い、茫然自失（ぼうぜんじしつ）とする中、ただ、正宗を助けなければという思いだけが、綾瀬を突き動かしていた。

「綾瀬」

鳴沢が名前を呼んでくるが、それに対応している時間はなかった。綾瀬は無視を続け、着替えを済ます。

「綾瀬！」

着替えを済ませた途端、鳴沢が綾瀬の手首を強く握ってきた。

「離せ、鳴沢。これ以上邪魔をすると、親友のお前でも許さないぞ」

「聞け、綾瀬。俺は正宗閣下と約束をした」

「約束……？」

「ああ、正宗閣下はお前をわざと逃がしたんだ」

「何を馬鹿なことを……逃がしたとはどういう意味だ」

鳴沢は綾瀬を止めるために出鱈目(でたらめ)でも言い始めたのだろうか。綾瀬は何もかも信じられなくなり、自分の手首を摑む鳴沢の手を振り払った。だが、鳴沢はさらに手首を摑み直し、綾瀬を正面から見つめてきた。

「俺がお前を抱いた日……帰りがけに正宗閣下と約束をした」

それは、綾瀬には想像もできない話だった。

＊＊＊

その夜は鳴沢にとって信じられない夜だった。

長年ずっと愛し大切にしてきた綾瀬を、正宗と共有して抱くとは思ってもいなかった。

鳴沢はベッドの傍らで、荒々しい呼吸で上下に揺れる綾瀬の白い背中を見つめた。

過度の快楽のせいか、綾瀬が意識を失うようにしてベッドへと沈んでいくのを見つめていると、じりじりと何かが焦げるような音が聞こえた。窓辺にいた正宗が葉巻に火をつけたのだ。

それで鳴沢もふと我に返った。

「……閣下、俺を捕まえなくてもいいのですか？」

鳴沢は嫌味のつもりでそう言った。いや、いっそのこと綾瀬を野獣のように犯した自分を闇に葬りたかったのかもしれない。捕まって死刑になっても構わないとさえ思っていた。

だが、返ってきた答えは思うものと違っていた。正宗は鳴沢を逮捕しようとは微塵(みじん)も考えていなかった。

「綾瀬少尉との取引があるからな。君が憎くても、無闇に捕らえることはしない。少尉に感謝するんだな」

「はっ……そんな余裕のあることを仰(おっしゃ)っていていいのですか？　今から何が起きるかわからない状況なのに、悠長ですね」

鳴沢はこの後、仲間と合流してクーデターを起こすつもりだ。そんな緊迫した状況に追いやられているというのに、何も気づいていなさそうな正宗に呆(あき)れ返った。

「そうだな、この先、何が起きるかわからない。だが、私はこの帝国とともに滅びるつもりだからな。別に何が起きようが、慌てる必要もない」

正宗はそう言って、ホテルの窓から明日をも知れぬ帝都を見下ろした。まるで鳴沢の今からの行動を知っているふうでもあった。

その余裕ともとれる態度に、鳴沢は苛立ちを覚え、つい声を荒らげてしまう。

「滅びるつもりとはどういうことですか？　最初から帝国がロゼルに負けることを知っているということですか？　少将ともあろう方が実は危険思想の持ち主とは、驚きですね」

「勝ち負けはあまり興味がない。帝国が勝てば、私もまた生きなければならないということだ」

どこか投げやりな態度に、正宗の生への執着が、人より少し足りないことを鳴沢は感じずにはいられなかった。

彼への印象が大きく変わっていく。地位もあり、皇帝の寵愛も得て、もっと出世欲のある男だと思っていた。

だが実際は自分の名誉、財産にはまったく興味のない男のようだった。

「あなたは大和帝国がどうなっても構わない……そう思っていらっしゃったのですか？」

「いや、そうでもない。守りたいと思う大切なものがあるから、そのためにも大和を守りたかった。だが、もう潮時かもしれないのも確かだ。私が守りたいものは、ここでは守りきれないのかもしれない」

「守りたいもの……？」

なんとも不思議な感覚を覚え、正宗を見つめていると、彼がふと話しかけてきた。

「鳴沢軍曹、私もそろそろ他の男が好きな男を、うだうだと苛めるのに飽きてきた」

「……綾瀬のことですか？」

正宗は頷くこともなく、ただ淡々と外を眺めているだけだった。決して視線を鳴沢に向けようともしない。だが、その態度から、ふと正宗の言う「守りたいもの」の正体が見えてきた。

「君が勝ったら、少尉をやる。ただし、帝国側が勝ったら、少尉は一生君に渡さない。運のない男に少尉は預けられないからな」

「……閣下、あなたは」

正宗の綾瀬に対する愛情の欠片を一瞬見たような気がした。それを確かめるべく、鳴沢は口を開いたのだが、唐突に正宗が視線を投げかけてきた。

「君は今から何かがあるのだろう？」

その言葉に鳴沢はひやりとした。綾瀬と会って、本当は綾瀬を仲間に引き入れクーデターを起こす仲間のところへ連れていくつもりだった。

全部でないにしろ、やはり正宗に行動を読まれているような気がした。

鳴沢が黙っていると、正宗は息だけで笑って、また視線を外に向けた。そして呟くように言葉を発する。

「しばらく少尉は私が預かっておく」

「預かる……？」

『預かる』という言葉は、最終的に返す意思があるものだ。正宗は綾瀬を鳴沢に渡す気持ちがあることを感じた。

「君が少尉を本当に欲しているのなら、勝利してあれを守れるだけの権力を持て。そのとき、君のもとに少尉を返してやる」

「正宗閣下……」


そして帝都制圧後、正宗から使者として綾瀬が連合軍側に送られてきたことで、それが『返す』という意味であることを鳴沢は悟ったのだった。

＊＊＊

「そんな……」

あのときは、確かに意識はあったものの、クスリのせいもあって朦朧として鳴沢が帰ったのも気づかないくらいだった。二人がそんな会話を交わしていたことも知らなかった。

「ああ、お前が使者として送られてきたときに、俺は正宗閣下の意図が読めた。お前に飽きたとは言っていたが、それは本心じゃない。お前を帝国側に巻き込みたくなかったのだと思う」

「巻き込みたくないって……私は元々帝国側の人間だ。巻き込まれて当然だ」

「だが、それでもお前を巻き込みたくなかったんだろう」

「どうして――っ」

「前にも言ったが、閣下はお前のことを愛していたからだ」

「っ……」

息が止まりそうになった。愛しているなんて言葉など信じられない。あんな酷い扱いを受け、いつも苛められていたというのに、どこに彼に愛されているという証拠があるのか。

確かに、秘密クラブでたまに見かけた愛人などのように、暴力を振るわれたり、行為の最中に怪我(けが)をさせられたりすることはなかった。

時々愛されているのではないかと錯覚するほど優しくされることもあった。それに大事にされていることは綾瀬を囲む身の回りの品でもわかる。何もかもが、正宗が選んだ一流のものばかりだった。でも彼が綾瀬のことを愛しているなどと……嘘だ。錯覚だ。

「……知らないっ……そんなの」

ただただ、混乱するばかりだ。彼の心など綾瀬には到底計り知れない。いつも彼が何を考えているのかわからなかったのだから。

「あ――」

違う。自分は誓ったではないか。正宗の心を自ら察しようと――。

そうだ。彼の心を知るためにも正宗に会いたい。会って、彼自身から本心を聞きたい。

「鳴沢、私を友と思うなら止めるな。私は閣下に会いに行く！」

自分をこんなに突き動かす激情がなんなのか、正宗に会えばはっきりするような気がした。

愛しているという言葉では片づけられない、憎しみや怒りが混じった混沌とした感情の果てを、知りたい。

鳴沢の腕を振りほどこうと暴れる綾瀬を、鳴沢は羽交い絞めにするように取り押さえた。

「離せっ！」

「だめだ、綾瀬、死刑囚との接触は、どうやっても不可能だ！」

理解不能な言葉が綾瀬の耳に届く。綾瀬の動きが一瞬止まった。

「い、今……なんて言った？　鳴沢」

声が震えた。理解不能だった言葉が、徐々に綾瀬の脳裏で意味を成し始める。

「我々、ロゼル軍と新政府軍による連合軍は、大和帝国の兵士については危害を加えるつもりはない。だが、貴族出身の幹部には特級戦犯として死刑が宣告された。その中に正宗閣下の名前も入っている」

「閣下が……死、け……い？」

――っ！

足元から何かが音を立てて崩れていくような感覚に襲われる。心臓が竦み上がった。

「もう諦めろ、綾瀬。お前も愛人から解放されてよかったと思え」

解放されてよかった――？

ふと自分の首元に首輪がないことにやっと気づく。軍服の下につけていた首輪がいつの間にか取られていた。眠らされているうちに鳴沢が取ったのだろう。

首輪は屈辱であったが、正宗を常に感じることができて、どこか落ち着いた気持ちになっていたのは否めない。その証拠に今、首輪がないことに一瞬焦りを覚えた。

さらに、首輪を鳴沢が外したことにも羞恥を覚える。たまたま貞操帯をつけていなかったことが、せめてもの救いだと思うしかない。

愛人から解放されれば、あの屈辱に耐えるような日々を過ごさなくてもよくなる。もう自由でいられる。それなのに、この胸を締めつけられる悲しみは一体なんなのか――？

「綾瀬、お前も閣下に対しては憎しみも充分あると思う」

傍らで鳴沢が何を勘違いしているのか、そんなことを言い始めた。

「だが、彼はもう死ぬんだ。お前を苦しめただけの対価はそれで払ったと思って、すべてを忘れろ。自分の手で殺したいとか考えるな」

自分の手で殺したい……？

そうなのかもしれない。あれだけ自分に苦痛を与えた男の息の根を止めるのは、自分でなければいけない。誰か他の人間に殺されるなどと、どうして許せるだろうか。

彼が自分の知らないところで死ぬなど、認められない。それこそ悲しみで綾瀬が耐えられない気がした。それでも彼が死なねばならないというのなら、最後の一呼吸まで見届けたい。そして一緒に自分の心も殺してしまいたい――。

「鳴沢……私は閣下をこの手で殺したい」

「綾瀬……」

「お前の力でどうにかしてくれ！」

「無理だ。死刑執行人が連合軍将校らの前で、特級戦犯を銃殺することになっている。お前が入る余地はない。諦めろ。お前の恨みは専門の人間に任せるんだ。その代わり確実に正宗閣下の息の根を止めてくれるだろう」

確実に……確実に正宗は死ぬ――。

彼の躰が木の葉のように銃弾の前に散るのが目に見えるような気がした。

綾瀬は悲鳴が漏れそうになって、慌てて口許(くちもと)を両手で押さえた。

「……綾瀬？」

綾瀬の様子がおかしいのに気づいた鳴沢が、心配そうに声をかけてきたが、綾瀬はとうとう、その場へくずおれたのだった。

それから一週間、綾瀬の身の回りで多くのことが変わっていった。

まず、皇太子の豊国は、新生大和国の王として立つことになったが、完全に政治からは切り離された。

さらに綾瀬の処遇が連合軍の処罰会議で決定された。鳴沢の監視の下、彼の別荘で軟禁生活を余儀なくされたのだ。

特級戦犯の正宗少将の副官であったこともあり、一般の貴族出身の将校よりも厳しい処分となった。

それでも鳴沢の口添えがあったお陰で、軟禁生活まで減刑され、本当なら刑務所にしばらく投獄されるところを救われた。だが、帝都で軍人だった綾瀬は、いきなり美月池という片田舎の避暑地で、多くのことを束縛された囚(とら)われ人となった。

軍人だった頃は正宗の愛人を務め、自由などないと感じていたが、実際は今のほうがずっと自由になれないことを強く感じていた。

正宗は決して綾瀬の自由を奪ったりはしなかった。

いや、心は囚われていた。憎しみもあったが、それ以上の感情で綾瀬は自ら正宗に縛られていた。

彼と離れている今でも、彼のことしか考えられない。頭から彼が離れない。

だがきっと彼がこの世から消えれば、こんな思いからも解放されるような気がする。たぶん、今だけの一時的な感情だろう。

綾瀬はそう自分に言い聞かせ、正宗が処刑される日が近づいていることを、悲しみとして受け止めないようにしていた。

今日も、特級戦犯の誰かが銃殺刑に処されているはずだ。

翌日の新聞に、昨日は誰が死刑にされたか名前が載るようになっており、前もって誰が殺されるのかは一般に公表されていない。なんらかの暴動が起きるのを防ぐためだろう。帝国軍が敗れても、未だに将軍を信頼し、崇拝する民がいることも確かで、そういった輩（やから）の反政府運動を阻止するためだ。

刑が施行されてから今朝の新聞までに、正宗の名前は掲載されていないので、まだ彼が生きていることは確かだ。もちろん、今朝殺されて、明日の新聞に名前が載っているかもしれないが。

そうやって旧政府を弾圧しつつ、新政府では貴族社会の解体へ向けていろいろと制度が整えられているらしい。いよいよ大和帝国がロゼルのように身分に差がない国へと変わろうと大きく動き始めていた。

綾瀬がいつものように読書をしていると、鳴沢がやってきた。鳴沢も今、新政府の立ち上げで忙しく、若いなりにも中心メンバーの一人として、毎日慌ただしく飛び回っている。しかしそんな多忙な日々をこなしながら、綾瀬を美月池の別荘に住まわせていることもあり、車で旧帝都までの片道一時間半の道のりを、二日に一回は戻ってきていた。

昨夜も遅くに別荘へ戻ってきて、まだ起きていた綾瀬と二人で、大和国の将来について語り合った。

早くも鳴沢の頭にはきっちりとした将来の姿が描かれているようで、綾瀬は少しばかり寂しくなった。

どんどんと先へと進んでいく鳴沢。そして悪いことばかりではなかったはずの帝国。どちらも綾瀬を置き去りにして、遠くへと行ってしまったことを感じずにはいられない。

「綾瀬」

綾瀬は読みかけていた本を閉じ、鳴沢のほうへ顔を向けた。

「どうした？」

「冬子ちゃんが、友達と予定よりちょっと早く来たんだが、部屋に通してもいいか？」

「冬子が？」

軟禁といっても、供の者を連れて歩けば、この辺りなら自由に散策をしてもいいし、妹の冬子をはじめ親族の者なら、面会依頼を出せば会えることになっていた。

冬子も二日ほど前に面会依頼をし、許可を得て美月池までやってきたのだ。

「あいつも相変わらずせっかちだな。ありがとう、玄関まで迎えに出る……っ」

立ち上がろうとして、机の脚に綾瀬は爪先を引っかけてしまった。躰のバランスを崩し、倒れそうになるのを、鳴沢が慌てて抱きとめる。

「っ……悪い、鳴沢」

躰を起こそうとするも、ぎゅっと鳴沢の手に力が入るのがわかった。彼の顔を見上げれば、鳴沢の表情に苦悶(くもん)の影が浮き出ていた。そのまま彼の唇が綾瀬の唇へと寄せられる。

「だめ……だ」

綾瀬は顔を背け、彼の唇を拒否した。彼もまた我に返ったように目を見開いた。

「……すまない」

鳴沢の顔が離れていく。それと同時に綾瀬を抱きしめていた手の力も緩んだ。

「まだ……だめか？　そうだよな。あんなことがあったんだ。しばらくはトラウマになるよな……」

トラウマ。鳴沢は綾瀬が自分を拒否するのは、正宗に酷い行為を強いられて心を傷つけられ、それがトラウマになってしまったと思っている節がある。実際は違うのに、だ。

鳴沢は綾瀬が自分のことを愛していると信じている。確かに綾瀬が鳴沢のことを愛していたがために、愛人契約を正宗と交わし、彼の命を守った。

だが鳴沢のことを愛しているのに、彼が受け入れられない――ではないと思う。

『お前の唇は私だけのものだ。私以外の男には触れさせるな』

三人で獣のように交わったあの夜の、正宗の声が脳裏に響く。

あれから、この唇は正宗のものだと綾瀬は洗脳でもされたかのように、感じるようになってしまった。

ただの愛人。いろんな道具をおおっぴらに使って愉しめる愛人。

綾瀬は正宗にとって、それだけの存在かと思っていた。

だが、あの夜の言葉によって、初めて正宗の綾瀬に対する執着を感じ、仄(ほの)かな悦びを覚えてしまった。

彼のものである幸せを綾瀬は実感したのだ。

しかしそれを鳴沢や家族に言うわけにはいかなかった。皆が綾瀬の行く末を心配し、どうにか生き残れるように奔走してくれているのを知っている。これは一時の気の迷いだと、己を信じ込ませるしかなかった。

そうやって正宗を振り切り、これからは家族や鳴沢のために生きていきたいと願ってやまない。ただ、今はまだ心や躰が気持ちについていかないのだ。こうやって彼の唇を拒否してしまうのも、そういったものの一つだろう。

いつかは鳴沢を受け入れられる日が来ることを信じて、生きていくしかない。そのためには、鳴沢にこのまま誤解させておいたほうがいいのだ。

「悪い……。冬子を待たせると恐いから、行こう」

「ああ、そうだな」

鳴沢がぎこちなく離れていく。綾瀬はなんとなく、この距離が縮まることは一生ないような気がした。


陽の光が燦々と降り注ぐ大きな天窓のあるエントランスに、冬子と青年が従者とともに立っていた。

冬子を迎えに出た綾瀬は、冬子の隣に立っている一人の青年の顔を見て驚いた。

そこには長谷部男爵家の秘密のパーティーでよく顔を合わせていた、真田侯爵家の嫡男の愛人である佐々木文也が立っていたのだ。

「お兄様、お元気でしたか？」

冬子がなんでもない顔をして、相変わらず子供のように綾瀬に抱きついてくる。

「冬子、もう少し淑女らしく振舞わないと、殿方に嫌われるぞ」

抱きついてくる冬子に注意すると、誰にも聞こえないように冬子が綾瀬の耳元に囁いてきた。

「佐々木さんのことは無視して」

え――？

冬子は素早くそれだけ言うと、綾瀬から離れた。

「もう、せっかくお兄様に会えたのに」

そう文句を言う冬子は普段と変わらなかったが、何か考えがあるようだったので、綾瀬は佐々木のことをあえて無視した。

「綾瀬、冬子ちゃんのいいところは、この明るいところなんだから、あまり厳しいこと言うなよ」

鳴沢が横から言葉を挟んできた。

「そうですわよね、鳴沢さん、やっぱり話がわかりますわ。その節は兄を救ってくださって、本当にありがとうございます」

冬子はそう言いながら、深々と鳴沢に頭を下げた。

「そんな……冬子ちゃん。綾瀬には俺こそ陸軍大学校時代からずっと世話になっているんだ。できる限りのことをするのは当たり前だ。そんなにかしこまらないでくれよ」

「ううん、鳴沢さんに兄を弁護していただけなかったら、兄はどうなっていたか、わからなかったですわ。兄の命の恩人です」

「そう言うなら、綾瀬も俺の命の恩人だよ。だからお互い様だから」

冬子は、あら、そうなの、という顔をして綾瀬を見てきた。正宗と交わしていた愛人契約の旨もすべて秘密なので、もちろん冬子にはそんな話をしたことはない。

鳴沢もあまり突っ込まれるとまずいと思ったのか、すぐに話を切り上げた。

「そちらの方は？」

「あ、ご紹介が遅れてごめんなさい。こちらは佐々木さんといって、最近少し物騒になったから私のボディーガードをしてくださっているの。それに行儀作法の見習いにもいらっしゃっているので、私のお供をしてくださるんです」

「確かに今、元貴族階級に対して暴漢が増えているらしいから、気をつけないといけないからね。初めまして、初めまして、鳴沢です」

「初めまして、佐々木と申します」

佐々木はふわりと笑って挨拶(あいさつ)をした。綾瀬はただ黙ってそのやり取りを見ているしかなかった。

彼が正宗の親友、真田の愛人だとわかれば、たぶん面会は通らなかっただろう。冬子がどうして佐々木を連れてきたのかわからないが、何か意図があることだけはわかった。

「綾瀬、俺はしばらく書斎で仕事をやっているから、何かあったら声をかけてくれ。じゃあ、冬子ちゃん、せっかくここまで来たんだから、ゆっくりしていってくれよ」

「ありがとうございます」

冬子の声に鳴沢は軽く手を振って、書斎へと消えていった。

「ご無沙汰しております。綾瀬さん」

ティールームに入った途端、佐々木は小さく笑みを浮かべると、頭を下げた。

「佐々木さん……どうして」

綾瀬はわけがわからず、冬子の顔と見比べる。すると、冬子が答えた。

「正宗公爵のご親友からのお願いごとでしたの。佐々木さんを今度お兄様と面会するときに連れていってくれと、以前から頼まれてましたの」

「正宗公爵のご親友……」

真田啓一のことであろう。彼もまた正宗の親友であることから、綾瀬との面会の許可はたぶん下りないだろうと思われる人物の一人だ。

佐々木は貴族でもなければ、真田、正宗との関係も公にされていない。顔も知られているわけではないので、誰かに見咎められることもない。代理として寄越すには適任だ。

「佐々木さんが、お兄様に大切なお話があるとのことなので、私、少し席を外しますわ。鳴沢さんに見つからないように、庭でも散策してきます」

冬子はなんでもないふうに立ち上がると、さっさと部屋から出ていこうとした。綾瀬は慌てて、妹の背中を追った。

「冬子」

冬子がドア越しに振り向く。

「……いつも悪いな。お前ばかり利用して」

鳴沢のときも冬子の手紙に混ぜて、お互いやり取りをしていた。そして今度も。

「違うわ。利用じゃないわ。私は好きでやってるの。私にはこれくらいしかできないけど、少しでもお兄様のお心が晴れるようなことをしたいだけなの」

「冬子……」

冬子は純粋に兄である綾瀬のことを心配してくれている。正宗と自分の間にあった歪んだ関係や感情は知らないだろうと思うと、良心がちくりと痛んだ。

綾瀬が表情を歪めると、冬子は励ますように明るく笑った。

「三十分後に戻ってくるわ。それまでに話を終わらせておいてね。あと、今日は鳴沢さんも誘って、近くのカフェでお茶でもしましょう」

冬子はそのままひらひらと手を振って出かけてしまった。妹の気遣いに感謝しながらも、綾瀬は深呼吸をし、気持ちを調えて佐々木に振り返った。

「わざわざお越しくださってありがとうございます。ここまで遠かったでしょうに」

「いえ、綾瀬さんのことがとても心配だったので、こうやってお会いできて嬉しいです。冬子さんにも感謝しなければ……」

「何かあったんですか？　佐々木さんがここまでいらっしゃるとは……。真田さんに何か問題でも？」

佐々木の恋人である真田に何かあったのだろうか。彼は軍人ではないので、侯爵家出身といえどもなんら処罰はないはずだ。

「真田は元気にやっております。実は彼から綾瀬さん宛に手紙を預かってきたんです」

「手紙？」

「はい。真田がどうしても綾瀬さんに伝えたいこと。本来なら正宗公爵からあなたに伝えられるべきだったことを、手紙にしたそうです」

「正宗閣下から私に伝えられるべきこと……？」

佐々木は小さく頷くと、懐から一通の手紙を出し、テーブルの上に置いた。シンプルな白い封筒だった。封筒には何も書かれていない。

綾瀬の鼓動が大きくドクンと音を立てた。

「この手紙が、万が一、他の人の手に渡るとまずいので、真田の名前は入っていません。さらに『あれ』というのが、失礼ですが正宗公爵のことで『君』というのが綾瀬さんのことです。もし他人に見られても、すぐには人物が特定されないように名前は書いておりませんので、そのように読んでください」

綾瀬はテーブルの上に置いた封筒を手に取ると、ペーパーナイフを取りに立ち上がった。

そのままライティングデスクの引き出しからペーパーナイフを取り出し、緊張に震える手でどうにか封を切る。

中からは白い便箋にいっぱいの文字を書き記した手紙が出てきた。

正宗に関することなら、少しでも情報を得たい綾瀬は、逸る心を抑えながら手紙に目を通した。

時候の挨拶に始まり、現在の旧帝都の様子、新政府の動き、そして正宗に関する現状などが書き連ねてあった。そして——。

『あれが、最後まで自分で君に本心を言うことができないと思うと、私が代わりに伝えるべきだと思い、筆をとった。あれは決して君を弄んだりはしていない。君に本心を知られるのをなぜか嫌っていたが、実際は君が社交界デビューしたときに一目惚れをし、ずっと見守っていた』

信じられない内容に綾瀬は目を瞠った。

私が社交界デビューしたとき——？

綾瀬が社交界デビューしたのは十六歳のときだ。それこそ陸軍大学校に入る何年も前のことである。そんな前から綾瀬のことを正宗が知っていたとは思えない。

いや——、知っていた、のか？

ふと綾瀬の胸に何かが訴えかけてきた。

今思えば、初めて正宗が声をかけてきたとき、どこか綾瀬に親しげではなかっただろうか。それに、鳴沢の助命のために人を探していた綾瀬に協力を申し出たことや、陸軍大学校での呼び名を知っていたことといい、偶然ではなく、彼が意識して得た情報であったのかもしれない。

そう思い当たった瞬間、綾瀬の胸が鋭い痛みを発した。

閣下――！

綾瀬は再び手が震えそうになるのを懸命に堪え、手紙を握りしめて続きに目を通した。

『どういった経緯で君らの間に愛人契約が成されたのかは聞いてはいない。だが、あれが何かの意地で君に本心を明かしていないことは知っていた。あんなに君を大切に見守っていた彼が、どうして急に愛人として扱い出したのかわからない。あの扱いに君が彼を憎んでいるなら、それは仕方ないと思う。だが、一つだけ友人として弁護するならば、どうか誤解をしないでくれ。あれは決して弄んだり、いい加減な気持ちで君に接していなかったことだけは知っていてほしい。君を愛していた。それだけは確かだ』

愛している――？　馬鹿な。

混乱した。確かに鳴沢もそんなことを言っていたが、とても信じる気にはなれない。それにもう一つ、正宗が綾瀬との契約のことを親友である真田にも話してなかったことに驚きを覚えた。

一緒に嗤っているのでは、と今まで思っていた。

「そんなはずはない。閣下が私を愛しているなんて……そんなはずは……」

目頭にじわりと熱が溢れた。永遠に手に入れられないと思っていたものが手に入ったような達成感とともに、心を満たす幸福感が、綾瀬の胸に押し寄せてきた。

正宗に愛されていると思うだけで、胸が震えるほど幸せになれるとは綾瀬自身も思ってもいなかった。

いつの間に、こんな――。

「綾瀬さん、それは誤解です。僕も正宗閣下が綾瀬さんのことを、とても愛していたのは知っています」

背後から声をかけられ、綾瀬は涙を拭って振り返った。

「佐々木さん……」

「以前、まだ綾瀬さんとお付き合いされていないときに、啓一さん……真田と話しているのを聞いたことがあります。閣下にとって何も未練のない大和帝国だけど、あなたが生まれた国だから守ろうと思う……と仰ってました」

「私が生まれた国だから？」

佐々木は綾瀬の声に頷くと、言葉を続けた。

「閣下はロゼルとの混血のため、どちらにも心から帰属できず、以前から中途半端なご自身の立場を大変嫌っていらっしゃいました。いつもその憂さを晴らすため、啓一さんと飲んだり遊んだり、されていました」

　正宗と真田啓一とは不思議とウマが合うようで、綾瀬と愛人関係になってからも、よく一緒になったことがある。そのため彼らの仲の良さは綾瀬にもわかった。

「ですが皇帝と従兄弟という立場柄、身分を捨てることも許されず、親族に認められなくとも公爵という爵位を譲り受け、誰からも孤立して生きていくことしかできなかったと聞いております」

　確かに正宗の周りには賞賛と誹謗中傷、どちらも存在していた。そして正宗はどちらともつるむことなく、一人でいた。

「正宗閣下にとって国は柵でしかなく、滅んでもどうでもいいものでした。ですが、綾瀬さんを知ってから、初めて国を守ろうと思ったそうです。国を守る理由を得たとも啓一さんに仰ってました」

「国を守る理由……私はそんな大層なものではない」

「いえ、閣下にとったら、綾瀬さんは、それだけの価値のある愛すべき人だったのです」

　綾瀬の躰が震えてくる。

　本当に彼はそんなふうに思ってくれていたのだろうか。何もかも興味がなさそうにしていた彼が、自分のために国を守ろうと思ってくれていたのだろうか。

『正宗公が恐怖を感じていらっしゃらないのではないか――』

以前父が話していた言葉を思い出す。

正宗はきちんと『恐怖』を感じていたのだ。ただ、それは自分自身にではなく、綾瀬に対してではあるが。『恐怖』を感じていたからこそ綾瀬を守ろうとしてくれていたのだ。

そのことからも、彼が自分のことよりも綾瀬のことを大切に思ってくれていたことが、ひしひしと胸に伝わってきた。

いつも冷たくされていたような気がしていたが、よく考えれば、酷い行為の後、まるで別人のように優しく綾瀬の世話をしてくれた正宗――。

綾瀬はどこもかしこも宝石のように大切に扱われ、身の回りの物も、着心地のいい物で溢れていた。

それが、彼がそっと見せてくれた綾瀬に対する愛情の欠片だったのかもしれない。

そして、正宗は綾瀬が鳴沢のことを愛していることを知っていて抱いていた。

――知っていて、抱いていたのだ。

「っ……」

瞬間、綾瀬の脳裏に走馬灯のように、多くのことが巡り始めた。

もし、綾瀬が逆の立場だとしたら、とても耐えられるものではない。愛する人が別の人を愛していて、それでも自分に抱かれるなどと……。そんな自虐的なことなど、自分だったらできない。

正宗にも葛藤があったはずだ。そして自分を愛さない綾瀬を憎んでいたかもしれない。それでも愛してくれていたのだ。

一つのことに気づくと、次から次へと綾瀬の胸に正宗の愛情が流れ込んでくる。過去に多くの場面で、正宗の愛情を感じたことを、今さらながら気づき始めた。

今から思えば、三人で寝た夜も、もしかしたら鳴沢がクーデターに失敗して、殺されるかもしれないから、最期に綾瀬に愛する男と寝させてやりたかったのかもしれない。

『二人とも、これできっぱりとお互いを忘れるんだ——』

あの夜、綾瀬のことを思って、そう言ってくれたことが今ならわかる。

本当は大きな誤解だが、正宗は今でも綾瀬が鳴沢のことを愛していると思っているから、考えられないことではなかった。綾瀬でさえ、あの肌を重ねた夜までは鳴沢のことを愛していると誤解していたのだから。

「閣下……」

そして実際は鳴沢のクーデターは成功し、今度は正宗が身を引いたのだ。そして今、綾瀬は鳴沢の保護下にいる。すべては正宗の願い通りなのだ。この状況は——。

「綾瀬さん？」

綾瀬が黙り込んでしまったのを心配してか、佐々木が窺うように声をかけてきた。その声につられて今まで心に押しとどめていた声が堰を切って綾瀬の口から零れだした。

「情けないです。私は閣下に信用されていないのですから……」

「そんなことはないです。綾瀬さんが大切だからこそ、閣下も何も言わずにいたのかと」

佐々木が慌てた様子で答えてきたが、溢れ出した涙と感情は止まらなかった。

「閣下は、私が閣下を心配すると思われてないんですよ。だからご自分のことはどうでもいいのです。私が鳴沢の心配をすると思われている……っ」

そう思わせたのは自分だ。正宗を責める謂れなどないはずなのに、綾瀬は正宗に言いたいことがいっぱいある。だが、もう正宗はそれさえも聞いてはくれない場所へと行ってしまうのだ。

「私も副官として、一緒に連れていってくださるのが筋なのに……どうしてこんな……勝手すぎます、閣下っ」

綾瀬は手紙を握りしめ、顔を伏せた。涙が溢れて止まらない。こんなにも正宗を愛していた自分に、どうして今まで気づかなかったのかと、何度も罵るしかない。

幾度となく、正宗の胸の中で安らかな眠りについた。酷いセックスをされても、最後は安心して綾瀬も彼の胸に身を預けてしまうのだ。

本能は彼の愛情はとうに感じていたのに、目先のことに振り回されていた綾瀬は、自分の本心を嗅ぎ取ることを怠けていた。

あんなにも愛されれば、自然と愛される側も胸に愛情が芽生える。綾瀬の胸にも正宗に対する愛情が少しずつ生まれ、いつの間にか鳴沢に対する想いよりも大きくなり、また鳴沢に感じていた感情が恋人同士の愛情ではなかったことを知った。

「私が……私が自分のことばかり考えて、私だけが苦労すればいい……そんなふうに考えて、閣下と、正面から向き合わなかったのが、いけなかったんです」

「綾瀬さん……」

佐々木がそっと綾瀬の肩を抱いてくれた。

「正宗閣下はそれでもよかったんだと思います。もしかしたらご自分でそうなるように仕向けたのかもしれません。綾瀬さんがそうやって悲しむと、閣下がご心配されますよ」

仕向けたのだろう……きっと。綾瀬が正宗を憎むように。

そしてこんなことがあったとき、正宗が処刑されて、清々したと綾瀬が感じればいいとさえ思っているかもしれない。いや、思っているのだ。正宗という男は――。

綾瀬はとうとう泣き崩れた。自分がどんなに愚かだったか嘆いても、元には戻らないというのに、それでも泣かずにはいられなかった。

「綾瀬さん！」

「佐々木さん、すみません。少しでいいから、このまま泣かせてください。泣けばきっと気持ちも収まるので――」

「綾瀬さん、啓一さんが、正宗閣下の極刑回避のために動いています。どうか気落ちせずに、成功するように祈っていてください」

「真田さんが……」

「はい。ただ、本当に時間との勝負です。刑の執行順が公式に発表されていないので、正宗閣下がいつ殺されるかわからない中での勝負です。啓一さんからも、本当は綾瀬さんにあまり期待させてはいけないと言われていたんですが……でも、まだ希望はあります。どうか、立ち上がってください」

「私が……鳴沢に何か頼めば、状況は変わるでしょうか」

綾瀬は、今度は正宗のために鳴沢と取引することを思い立つ。だが。

「駄目です。鳴沢さんは特級戦犯死刑推進派です。それに綾瀬さんのこともあるから、確実に閣下の息の根を止めたいところだと思います。それを逆に綾瀬さんが閣下の命乞いをしたら……どうなるかわかりませんが、試すには危険すぎます。今のままで……」

綾瀬たち三人の関係をどこまで佐々木が知っているかわからないが、恋愛抜きに考えても、鳴沢が綾瀬の命を守るために、正宗との関係を切り離したいのは確かだろう。

「わかりました。私は何も動かず、ここで閣下の無事を祈ります」

綾瀬の声に、佐々木は大丈夫、ともう一度声をかけ、ふわりと笑ってくれたのだった。

■　V　■

その夜は、美しい満月が、天空高く輝いていた。

数ヶ月前までクーデターで国が大きく混乱していたなどとはとても思えないほど、静かで、澄んだ月が、秋の夜空にぽっかりと浮かんでいた。

鳴沢がロゼルへ出兵したのが、去年の雪解けが始まった春だったので、もうそれから半年以上が経っていた。

敗戦国となり、クーデターにより帝政は廃止。同じく貴族制度も解体されていった。代わりに民によって政治が行われ、民主主義の下、国は大きく変わりつつある。

三崎将軍が国を裏切った行為は、今や『九留留目山の英断』とまで言われ、国民に賞賛される歴史的事件として受け入れられるまでになっていた。

世間が目まぐるしく変わっていく中、綾瀬が軟禁されている美月池はいつもと変わらず、木々も色鮮やかに紅葉し始めていた。朝夕は暖炉に火を入れなければならないほど、寒さも日に日に強まってきている。

ていた。

「旦那様がお帰りです」

　夜遅く、綾瀬が暖炉の近くで読書をしていると、使用人が鳴沢の帰りを告げてきた。

　綾瀬は立ち上がると玄関まで鳴沢を迎えに出た。最近、綾瀬は使用人からまるで鳴沢の妻のような待遇を受け、家事を仕切ったり、こうやって鳴沢を迎えに出るのが通例となっていた。

「お帰り、鳴沢」

「ただいま、綾瀬。そんな格好で寒くないのか？」

　外から帰ってきた鳴沢のほうがよほど寒そうなのに、綾瀬の心配をしてくれるのが鳴沢らしい。

「大丈夫だよ、暖炉は暖かいし。ほら、夕食は食べたのかい？」

「ああ、向こうで食べた。綾瀬、ちょっと話がある。書斎に来てくれないか」

　鳴沢の表情が急に深刻になる。

「改まって、嫌だな……なんだ？」

「人に聞かれたくない話だ。来てくれるか？」

「あ……ああ、いいよ」

　綾瀬が答えると、鳴沢はコートを使用人に預け、書斎へと歩いた。綾瀬は黙って後をついていく。

書斎に入った途端、綾瀬は鳴沢に抱きしめられた。

「な……鳴沢」

最近、こういうことはあまりなかったので、綾瀬は驚いて鳴沢から逃げようとしたが、鳴沢はさらに縛めをきつくした。

「悪い、綾瀬。しばらくこのままでいさせてくれ」

「鳴沢……」

鳴沢が綾瀬の首筋に顔を埋め、固まっていたので、綾瀬もこれ以上は彼が何もしないつもりでいることを悟り、言われるまま抱きしめられていた。

鳴沢がぽつりと呟く。

「なあ、綾瀬。まだ駄目か？　俺とは寝られないか？」

「鳴沢……ごめん。もう少し待ってくれないか。もう少ししたら、いろいろと気持ちの整理もできると思うから……」

最近、綾瀬も少しずつ鳴沢を受け入れようと努力を始めた。彼が綾瀬を大切にしてくれていることはとてもよく伝わってくるし、それに綾瀬の心も弱くなってきているのかもしれない。

毎日毎日、新聞に掲載されている死刑執行名簿に正宗の名前が載っていないか、死にそうな思いでチェックし、名前がないことを確認するだけで、綾瀬の神経はすり減っていた。

正宗が自分の中心すぎて、自分のことなど投げやりになってきたと言ったほうが近いかもしれない。こんな自分でもいいのなら、鳴沢が幸せになれるなら、彼の求めに応じてもいいのかもしれない、こんな辛い想いから解放されたい……と思うようになったのだ。

ただ、求めに応じられないのは、まだ躰が正宗以外の人間を拒否するからだ。

唇は相変わらず正宗以外に許したいとは思わないし、肌も同じだ。正宗の熱が全身から抜けきらないせいか、他人を受け入れたいと思えない。

「悪かった。お前を急がせるつもりはないいんだ。ただ、いろいろと俺が不安になっているだけなんだ。あまり気にしないでくれ……」

「どうした？　鳴沢」

鳴沢にしては珍しい態度に、綾瀬は少し違和感を覚えた。

「なあ……綾瀬。お前、以前、俺に正宗閣下を殺したいと言ったことがあったよな。まだ正宗閣下を殺したいほど憎んでいるか？」

ドクン！

綾瀬の鼓動が大きく爆ぜた。この動揺が鳴沢にばれたかどうかわからないが、綾瀬はできるだけ冷静に答えた。

「そうだな……」

あまりにもデリケートな問題で、動揺している綾瀬には、そう答えるのが精一杯だった。

佐々木からも以前に注意されているが、綾瀬と鳴沢、正宗は微妙な関係だ。答え方一つにも神経を使う。

「正宗閣下がロゼルへ国外追放される」

「えっ！」

予想だにしていなかったことに、綾瀬は大声を上げてしまった。

鳴沢はそんな綾瀬の表情から何かを読み取ったのか、じっと見つめ、そして話を続けた。

「正宗閣下がロゼルの大財閥の娘の息子であることは、綾瀬も知っているよな」

「ああ……」

正宗の母親は正宗が小さい頃、離婚してロゼルの国へ帰ったと聞いている。

「その母親が、自分の息子の命乞いをしてきているのさ。実は閣下の処刑が今までなかなかされなかったのは、お前には言ってなかったが、そういう事情もあったんだ」

「そう、なのか……」

もしかしたら真田たちが裏で手を回して、正宗の母親を動かしたのかもしれない。

綾瀬はそう思いながらも、鳴沢の話の続きを聞いた。

「ロゼルとしては、その母親の実家はなかなかの権力者で、無視ができないそうだ。だが、大和で彼のような危険分子を釈放するわけにはいかない。それで双方で話し合った結果、ロゼルで監禁生活をさせることになった。二度と太陽の下を歩けないようにする」

「……ロゼルで」

とりあえず、死刑から逃れられたことに安堵するが、もう二度と彼と会えなくなることに綾瀬は大きな衝撃を覚えた。ロゼルに彼が行ってしまえば、綾瀬には会える可能性がなくなる。

綾瀬が言葉を失っていると、鳴沢が何かを決意したかのように口を開いた。

「……綾瀬、今夜、正宗閣下は自宅に一旦戻る。明後日(あさって)にはロゼルへと出発する予定だ。今夜なら、命を狙うことができるぞ」

「命を……狙う？」

思いも寄らない言葉に綾瀬は目を見開いた。

「屋敷に戻ったところを暴徒に襲われて殺されたと上に報告すればいい。既成事実もそれなりに作れる」

「鳴沢……」

「お前が今までの憎しみから解放されるなら、正宗閣下を殺してこい。俺は見て見ぬ振りをする」

鳴沢の言葉に綾瀬は驚きを覚えるしかなかった。正宗暗殺。それを彼は頭に描いているのだ。

「それに、俺は閣下に貸しがある。クーデターの前に見逃してもらった。あのときは屈辱だったが、今その屈辱を、貸しを返したいと思う」

貸しを返す？

どうして暗殺者として綾瀬を送り込むことが貸しを返すことに繋がるのか、意味がわからなかった。

ふと鳴沢の綾瀬の腕を摑む手が震えているのに気づく。

もしかしたら、鳴沢は綾瀬が二度と自分のもとに戻ってこないかもしれないと覚悟をしているのかもしれない。

貸しを返す。綾瀬に会える最後のチャンスを正宗に与えるということなのだろうか。

彼は賭けているのだ。綾瀬が自分を選ぶのか、それとも正宗を選ぶのか。そして正宗を選べば、たぶん綾瀬と正宗に残された道は『死』しかない。

綾瀬は静かに目を閉じた。自分が何をしたいのか、わからない。正宗に会ってみないと自分が見えない。

これからどうしたいのか……それを知るためにも、正宗に会いたかった。

彼とともに死ぬのか、それとも彼と永遠に別れるのか。いや、本当にこの手で閣下を殺すのかもしれない……。

「鳴沢、私を行かせてくれるか？」

「綾瀬……」

「大丈夫だ。戻ってくるよ、ここに。鳴沢」

綾瀬は戻ってこないかもしれないと思いつつも、鳴沢に優しい嘘をつく。彼はそんな綾瀬を信じて安堵の笑みを零した。


その夜遅く、少し前ならば何度も通った正宗公爵家を感慨深げに綾瀬は見上げた。

自分が正宗の命を狙うような日が本当にやってくるとは思ってもいなかった。

使用人は皆、暇を出したようで、屋敷には誰一人いなかった。前は大勢の使用人で管理されていた屋敷も、今はひっそりとしている。

本来なら軍によって、屋敷周辺を警備されているはずなのだが、鳴沢の手配がきちんとされているようで、誰も不審者である綾瀬を捕まえようとする者はいなかった。ただ静寂だけが屋敷を取り囲んでいる。

綾瀬は隠れることなく、以前に正宗から渡されていた鍵を使い、堂々と正面玄関から屋敷へと入った。そのまま迷わず、正宗の書斎だった部屋へと歩を進める。

彼が安らぐといったら、書斎であることを綾瀬は知っていた。彼は多くの本に囲まれて、読書を愉しむのが好きだった。

知らず知らずのうちに正宗の好みや行動が綾瀬にも染みついている。セックスだけでなく、彼のいろんなものが綾瀬の心を支配しているのを感じずにはいられなかった。

　廊下の向こう側に見える書斎のドアの隙間(すきま)から明かりが漏れていた。やはり思った通り、正宗は書斎にいるようだった。

　綾瀬はそっとドアをノックしてみた。

「誰だ？」

　すぐに正宗の返事が戻ってきた。声を聞いただけで、胸が鷲掴(わしづか)みされたような痛みを発する。それまでの迷いがすべて消え失せ、ただ彼に会いたいという衝動だけで、綾瀬は勇気を振り絞ってドアを開けた。

　そこには少しやつれてはいたが、精悍(せいかん)な顔つきをした正宗が革張りの椅子に座って、本を読んでいた。

「閣下……」

　情けないことに彼の顔を見た途端、不意に綾瀬の瞳から大粒の涙が零れ落ちた。

「綾瀬……お前は無事だったんだな」

　正宗の顔に驚きとともに、一瞬安堵の表情が浮かぶ。それを見て彼もまた、綾瀬のことをずっと心配していてくれたことがわかり、益々、綾瀬の瞳に涙が膨れ上がった。

　そして彼の顔を見た途端、綾瀬は自分がどうしたいのか、すぐに答えがわかった。

　殺す、殺さないなど関係ない。ただ彼の傍にいられるなら、それだけでいい。どんな感情よりも強く彼を愛していることをはっきりと自覚する。

たまらず彼に駆け寄ろうとすると、正宗が優しげに双眸を細め、愛おしそうに綾瀬を見つめてきた。

「綾瀬、私を殺しに来たか?」

「え……」

綾瀬の躰が固まる。正宗はなんでもないようにそんなことを口にした。まさかそんなことを言われるとは思ってもいなかったが、彼も綾瀬が今夜辺りに自分を殺しに来ることを予感していたのかもしれない。

所詮、ロゼルに国外追放といっても、実際、無事に大和から脱出できるとは思っていなかったようだ。

正宗は手にしていた本を書斎机に置くと、椅子からゆっくりと立ち上がった。

「綾瀬、私はロゼルに行っても、そんなに遠くない日、暗殺されるだろう。それなら、せめてお前の手で殺してほしい。それが私の今の唯一の望みだ」

暗殺。

「なっ……」

ロゼルに行って命が助かるなどと楽天的に考えていてはいけなかったのだ。ロゼルも国民感情を考えると、敵国の特級戦犯を匿(かくま)うわけにもいかないのだろう。

ロゼルに行けば命だけでも助かると思い込んでいた綾瀬にとっては、衝撃的な言葉だった。

「閣下……」

相変わらず綾瀬の気持ちも考えずに、己の言葉だけを告げる男だ。

「閣下は……私が閣下にそんなことを言われたら、どう思うかとか考えてはくださらないのですか？　それとも私はあなたが死んでも何も感じない人形だとでも思っていらっしゃるんですか？」

綾瀬が正宗に対して感情を露にし、怒ったのは初めてだ。正宗も綾瀬の怒りに気を取られたようで、微動だにせずに綾瀬の顔を見つめていた。

綾瀬はずかずかと正宗の目の前まで近寄った。

「あなたなんかを楽に死なせてなるものですか！」

言葉とはうらはらに正宗の胸にしがみついた。久々に正宗の愛用しているコロンの香りが鼻につき、それだけで綾瀬は欲情した。

「綾瀬」

正宗の優しげな声に綾瀬はまた涙を溢れさせた。

会いたかった。ずっと、ずっと会いたかった――。

「閣下、ご無事で何よりです」

綾瀬の言葉に誘われるようにして、彼の腕がようやく綾瀬の躰を抱きしめてくれる。

「私を……私をお前は憎んでいるのではないのか？」

「あなたが憎いです……でも憎いだけじゃない。もっと違う感情が憎しみまでも凌駕してしまう……。ただ憎むだけだったら、こんなに苦しまなくても済むのに……。あなたは私の心を大きく揺さぶって、いつも私を苦しめる」

「綾瀬？」

正宗が怪訝な顔つきで問いかけてくる。綾瀬はその顔に自分の顔を近づけ、濁流のように溢れ出す想いを口にした。

「閣下——あなたが好きです。誰よりも強く愛しています……っ」

そう告げた途端、激しい口づけが綾瀬を襲った。正宗が我慢できない様子で、さらにきつく綾瀬を抱きしめてくる。

「愚かな……私などを好きなどと、嘘でも口にして……」

正宗が綾瀬の首筋に顔を埋め、苦しげに呟いてきた。

「嘘ではありません。私は閣下を愛しています、どうしたら信じていただけるのですか？」

綾瀬はどうにか信じてもらおうと、正宗の足元に跪くと、彼の股間に顔を埋めようとした。

「綾瀬、いい。するな、そんなことを」

綾瀬がしようとしたことを察し、正宗の手がやんわりと綾瀬の髪を掴んで止める。

「私には権力しかない。好いた男が別の男を好きだと知ったら、諦めるか、力ずくでものにするしかなかった。お前を抱いているとき、本当はもっと優しくしてやりたかった。だが、お前が鳴沢を愛している……愛しているから己の躰を私に差し出し、犠牲にしているかと思うと、怒りでお前をひどく扱ってしまった。だから、そんなことなどしなくてもいい。本当は私がお前を可愛がりたいんだ……」

正宗は床に跪く綾瀬を起き上がらせた。綾瀬はたまらずもう一度正宗にしがみついた。

「閣下……お願いです。私を抱いてください」

こんなことを自分から願うとは思ってもいなかった。だが、今は一刻でも早く正宗の熱を躰で感じたかった。はしたないとかそんな思いがどこかへ吹き飛んでしまうほど、心から正宗を求める。

「綾瀬……」

「春高とお呼びください、閣下」

「ならお前も私のことを閣下と呼ばず、征一郎と呼べ」

そんな甘い命令をされ、綾瀬の胸が快感に痺れる。

「せ……征一郎さん」

綾瀬の声に誘われるようにして、正宗がキスを仕掛けてくる。綾瀬は彼の背中に手を回すと、そのまま引き寄せた。

彼の舌が綾瀬の歯列を割り、口腔を丁寧に弄(なぶ)ってくる。綾瀬は彼に以前教わった通り、正宗の舌に自分の舌を絡ませ、拙(つたな)いなりにも懸命に応(こた)えた。

正宗に触れるだけで、綾瀬の躰の奥から快楽の焔(とも)が灯り始めるのを感じる。

「春高」

「っ……」

名前を呼ばれ、胸の奥がジンと震える。

彼の巧みな指が綾瀬の頬を触り、ゆっくりと胸へと移っていく。シャツのボタンを外され、すでにぷっくりと腫(は)れ上がった綾瀬の胸の飾りに指を絡ませられる。そしてそのまま指で突起を弾かれた。

「ああっ……」

ジュッと音を立てて焼かれるような熱が胸から広がる。正宗によって開発されたそこは、彼に触れられることをずっと待っていたようだった。

正直な綾瀬の下半身が嬉しさにピクピクと反応する。

「春高、服を脱がしてやろう。お前も私の服を脱がせてみるか？」

「はい、征一郎さん……」

愛人だった頃には、正宗の衣服を脱がすことは決してさせてもらえなかった。だが、今夜は違う。綾瀬は震える手で彼の衣服のボタンを一つ一つ丁寧に外し始めた。お互いに服を脱がし合い、絨毯の上に倒れ込む。

上から正宗が綾瀬を見つめてきた。一糸纏わぬ姿の綾瀬のスラリとした足が正宗の目に晒される。綾瀬はまるで鋭い目をした猛禽類にでも狙われているような錯覚に陥った。

「綺麗だ……春高。お前はいつでも綺麗だ」

「征一郎さん」

正宗は綾瀬の声がけに笑みで応えると、勃ちかけていた綾瀬の下半身を手で包み込んできた。軽く握られる刺激に、綾瀬の躰の芯がキュッと縮まる。

「んっ……」

正宗は片手で綾瀬の下半身を扱きながら、ゆっくりと唇を滑らせた。彼の舌が唇から顎を伝い、鎖骨を過ぎ、ツツッと胸元へと下がる。綾瀬の腰がその動きに応じて、徐々に揺れ始めた。

「私はあまり自分に興味がなかった。滅びるならこの国と滅んでもいいと思っていた」

「そんな……征一郎さん……んっ」

いきなり正宗が綾瀬の下腹の辺りで話し始めた。その熱い吐息がかかるだけで、綾瀬の下半身はビクンビクンとはしたなく震えてしまう。

「お前に会ったのが、私にとって誤算だったかもしれないな。どうやら私は死に損なったようだ」

「死に損なったなどと言わないでください。征一郎さんは私のためにも、生きてくれなければだめです！」

綾瀬は彼に強くしがみついた。そうでなければどこか遠くへ行ってしまうような気がしたからだ。

「愛している、春高。本当はずいぶん前からお前を愛していた」

途端、綾瀬の胸に鳥が羽ばたくような、そんなくすぐったい感覚が広がった。自分がどんなにこの人を愛しているか、改めて思い知る。

「私が欲しいか？」

「はい、欲しいです」

素直に答えると、正宗は返事の代わりに綾瀬の太腿(ふともも)の付け根に唇を当て、軽く歯を立てた。

「あっ……」

痛みなのか快感なのかわからない。すでに感覚が麻痺(まひ)しつつある。

正宗は綾瀬の腰が焦れて動くのを愉しんでいるのか、さらにきわどい場所へと唇を移す。淡い茂みに顔を寄せられ、綾瀬はどうしようもない羞恥心に襲われた。

逃げようと腰を引くと、膝裏を持ち上げられ、両膝を彼の肩に担ぎ上げられる。

「征一郎さんっ……」

ピチャピチャという湿った音とともに、ねっとりとした生温かい感触がありえない場所に生まれる。正宗が綾瀬の後ろの蕾を舐めているのだ。

「んっ……ああっ……」

蕾の周りを舌でつつかれ、綾瀬の躰は待ちかねた快感に戦慄いた。

舌が隘路へと侵入し、襞を捲るように舐め上げられる。

「ふうっ……ああっ……」

舐められるだけでなく、甘噛みされたり、吸われたり、痛いような痛くないような、そんな絶妙な刺激は、綾瀬を淫らに喘がせるには充分な威力を発揮した。

「あぁ……んっ……」

正宗はそこがぐっしょりと濡れそぼつまで丁寧に口で解すと、ようやく綾瀬の中に指を挿入させてきた。綾瀬は我慢できずに、ぎゅうっと指を強く締めつけてしまう。

「この中に私を挿れてやる」

「せ……いち……ろうさんっ……ああっ……」

グチュグチュと蜜路を指で掻き混ぜられ、綾瀬は嬌声を抑えることができなかった。それよりも指を激しく左右に動かされ、さらに喘ぎ声が出てしまう。

「挿れるぞ」

正宗が我慢できない様子で告げてきたかと思うと、腰をさらに引き寄せられ高く持ち上げられた。

「んっ……」

ひどく卑猥な格好をさせられる。相手が正宗でなければ絶対にしない。正宗だからこそ、するのだ。すべてを与え、そして奪われても構わないと思える彼にだけ、見せられる痴態だ。

「征一郎さん……愛しています」

何度口に出しても言い足りない想い。

「私もだ、春高」

そう言い返してくれる相手が、心から好きな人だという奇跡。

綾瀬は正宗から与えられるすべてを強く嚙みしめた。

熱く滾った熱情が強引に押し入ってくる。久々の邂逅に一瞬、引き攣るような痛みを感じたが、それはすぐに消え、綾瀬を快楽の淵へと誘う。

奥の奥まで入り込んでくる彼の欲望の熱に、隙間なく穿たれる。どこか不安に揺れていた心が満たされた気分になった。

綾瀬は正宗の顔が見たくて、その手を彼の頬に伸ばした。すると彼が綾瀬の手を摑み、そっとその甲に唇を寄せた。

「春高……私の心は永遠にお前のものだ――」

指先から躰が蕩けてしまいそうになる熱の籠った囁きに、綾瀬の躰の芯が疼き、躰の中にある正宗を締めつけてしまう。

「っ……まったく素直だな、躰で返事をしてくれるとは……」

「せ、征一郎さん……」

恥ずかしくて頬が熱くなるが、目の前の正宗が見たことがないくらいの幸せそうな笑みを浮かべたのを見て、綾瀬はわけのわからない切なさで胸が張り裂けそうになった。

それがなんなのか突き止めようとしても、正宗に意地悪く腰を揺すられ、思考が霧散する。淫靡な痺れを全身に感じ、快感で朦朧とする中で、自分を組み敷く正宗の顔を見上げた。そのまま腕を広げて正宗を抱きしめる。彼も綾瀬の気持ちを察してか、強く抱きしめ返してくれた。彼の腕がもたらす安らぎに、綾瀬は静かに目を閉じ、躰を彼に任せる。

正宗はそのまま己の欲望を入口まで引き抜くと、一気に綾瀬の奥へと穿ってきた。

まだこんなに奥があったのかと思うような場所まで正宗の猛々しい雄が侵入し、綾瀬の中を擦り上げ、掻き混ぜる。

「はぁあ……っ」

ズシリと下半身に重みを増し、綾瀬の全身がさらに熱を帯びる。

「あっ……あああっ……」

正宗の抽挿が一層激しくなった。

「はあっ……ん……ああっ……」

綾瀬の目の前が瞬間、真っ白になった。溢れ出す熱を逃すまいと自分の中にある正宗を貪欲に締めつけてしまう。

「くっ……」

男の艶めいた吐息が頭上から零れる。その吐息に綾瀬の快楽に溺れた神経が呼応して、全身に喜悦を呼び起こした。

「あああっ……ふっ……ん……」

綾瀬は白濁した熱を自分の下腹部だけでなく、正宗にも飛び散るほどの勢いでばら撒く。すぐに躰の最奥に生温かい圧迫感が生まれるのも感じた。正宗も綾瀬の中で達したのだ。

二人で共鳴し合い、たった一つの愛を共有する。

「――愛している……春高」

再び愛を告げられ、正宗の胸の中に閉じ込められる。彼の体温がじんわりと綾瀬を包み込んだ。

綾瀬の胸が焦がれ、もう絶対彼と離れたくないと訴えてくる。

「……私もロゼルに連れていってください。征一郎さんと一緒なら死んでも構いません」

彼と離れ離れになることなど、耐えられない。きっと綾瀬の心は死んでしまうだろう。

「春高……今はだめだ。だが、いつかロゼルにお前を連れていこう」

正宗が綾瀬の髪に鼻先を埋め、囁いてきた。

「ロゼルの春は、マリスの蕾が大地から顔を出すことから始まる。雪が解け始める頃に、マリスの花は冷たい大地にもかかわらず、力強く芽吹くんだ。そして青い小さな花を咲かせて、それはやがてロゼルの荒野を真っ青に染めるほどになる。私の夢はそれをお前に見せてやることだ。いつかお前に、大地いっぱいに咲き乱れるマリスの花畑を見せてやりたい」

「マリスの花畑……」

「いつかそれを二人で見に行こう」

いつか。それは期限のない未来。

「……ええ、見に行きたいです」

叶わぬ夢かもしれないが、正宗がくれた生きる希望を大切にして、これから先、一人で生きていかねばならない。いつかきっとロゼルの荒野に咲く青い花を見に行くために、生きていかねばならない――。

今の綾瀬には、生きているうちに叶えられるかどうかもわからない約束をするしかなかった。

それから場所を寝室へと移し、二人は幾度となく肌を重ねた。もう一生分抱き合ったかもしれないと思うほど躰を重ねたが、それでも抱き足りなかった。

愛おしさが尽きず、ベッドで二人で静かに抱き合っていると、窓の外から小鳥の声が聞こえ始めていた。

「小鳥が鳴いている……」

まだ薄暗いが夜明けが近いのだ。

「そろそろお前も帰らないとまずいだろう。帰りなさい」

恐れていた言葉を耳にし、綾瀬の心臓が止まりそうになった。だが、ここに綾瀬がいたことが新政府にばれれば、立場が悪くなるのは正宗と、そして鳴沢だ。

綾瀬は正宗の胸からそっと顔を上げた。

「以前は、あなたが私の知らないところで死ぬのが許せないと思いました。それなら自分の手で殺したいと願ったこともありました」

綾瀬の言葉を聞きながら正宗の手が優しく背中を撫でてくれる。

小鳥など鳴かなければいいのに――。

そう思いながらも、綾瀬は言葉を続けた。

「でも今は違う。あなたに生きていてほしい。私が知らない場所でもいい。ずっと生きてほしい。どこかであなたが生きていると思うだけで、私は幸せだから――」

「では、私もできるだけ生きてみよう。お前がそれで喜ぶなら」

少しおどけた感じで正宗が答えてきたのを、綾瀬は笑顔で受け止めた。

「……征一郎さん、最後にキスをしてください」

目を瞑って顔を上げると、正宗が唇を寄せてきた。そのまま深く口づけられる。

綾瀬は今この瞬間にすべてを委ねた。

この幸せな思い出があれば、これから長い先、彼と離れていても、一人で生きていける。

いつかマリスの花畑を見に行く日まで――生きていこう。

正宗の唇がやがて綾瀬から離れていく。

「さようなら、愛しい人。お前は私がいなくても輝いていける。だから私に縛られるな。前を向いて、お前の人生をしっかり歩いていくんだ」

「征一ろ……さ……っ」

もう二度と小鳥の声など聞きたくない。

綾瀬は正宗の胸に顔を埋めて涙を零した。

空には白い月が浮かんでいた。朝日の中、それは頼りなく、今にも消えてしまいそうな月であった。

二日後、正宗征一郎はロゼルの国へと国外追放され、二度と大和の土を踏むことはなかった。

■ VI ■

正宗が大和から追放され、二度目の秋が巡ってきた。

綾瀬はリビングの窓から見える真っ赤に染まった木々を見上げた。

光陰矢の如し。二年の月日は瞬く間に流れ、綾瀬にとっては正宗とのあの夜は、つい昨日のことのようにも思える。

あの夜、綾瀬が正宗を殺せなかったことで、鳴沢に不安を抱かせたりはしたが、結局、綾瀬は鳴沢の愛人として生きることを選び、彼の屋敷に身を寄せ暮らしていた。

正宗が生きていけと綾瀬に言ったのだ。ならば死ぬこともできない。

生きていくのなら――、正宗と一緒にいられないのなら、自分のためにいろいろと尽くしてくれた鳴沢に報いたいと思ったのだ。

報い。鳴沢に対して失礼な思いだ。だが、綾瀬は彼の気持ちを受け入れ、愛人になろうと決めた。

あとは、正宗のことを知っている誰かと一緒にいたかったのかもしれない。正宗を記憶として共有できる誰かが必要だったのだ。

いつか鳴沢への思いが愛に変わり、正宗の記憶と一緒に幸せになれることができたら、どんなにいいだろうか。

そんな身勝手な願いで、今も鳴沢を縛りつけている自分に罪悪感も生まれていた。

鳴沢の本宅は旧帝都、現在は桜宮（さくらのみや）と呼ばれる場所にあり、綾瀬も美月池の別荘からこちらへと戻ってきた。

軟禁生活は去年の冬に終わった。今は一般市民としての生活が保証されている。

綾瀬家は伯爵ではなくなり、普通の家として再出発し、父や兄も家業をそのまま続けている。妹もそろそろ結婚などを考える歳（とし）になったりし、綾瀬の周囲は正宗がいないだけで、あとは平和に満ちていた。


「綾瀬、今帰った」

綾瀬がリビングで読書をしていると、鳴沢が帰ってきた。今の鳴沢は、若いながらも、新政府の政治家として重要なポストに就いていた。

「お帰り、今日は早かったんだな」

綾瀬は立ち上がり、鳴沢のコートを受け取った。彼の表情がいつもと違って、曇っているのに気づく。

「鳴沢、何かあったのか?」

綾瀬が声をかけると、彼の眉間にふと皺が寄った。

「……正宗征一郎が死んだ」

「え……」

久々に耳にする懐かしい男の名前に綾瀬の動きが止まる。それを鳴沢がちらりと見て、また口を開いた。

「今朝、こちらにロゼルから連絡があった。病死という話だが、我々の間では、暗殺されたかもしれないという見解になっている。正宗公が病気で臥せっているという情報は、今までなかったからな」

「暗殺……」

綾瀬はいつかこんな日が来るだろうと予測していたせいか、意外に冷静に正宗の死を受け止めることができた。

「そう、か……」

綾瀬は視線を落とし、受け取ったコートをハンガーにかけた。

「あまり驚かないんだな」

鳴沢が心配げに綾瀬を見つめてきた。

「この二年でいろいろ覚悟をしてきたし、今さらだ」

いつかマリスの花畑を見ようと彼と約束した場所が、ロゼルではなく最後の楽園に変わっただけだ。もう綾瀬もそろそろ吹っ切らなければならない。

そう思いながら、ふと窓から夕焼け空を見上げた。

この空はもう正宗とは繋がっていない。彼の見た空は、二度と綾瀬の目には映らない。

急に悲しみが綾瀬の胸に湧き上がってきた。

「っ……」

「綾瀬」

いきなり涙が溢れた綾瀬を、鳴沢が優しく抱きしめてくれる。

「……悪い」

「いいさ、正宗公に対しては、俺にとってもお前にとっても、一言では言えない感情を持っている。お前が憎んでいるのと同時に彼に惹かれているのも知っているし、俺も彼を敵と思うだけには終わらないからな」

戦争が終わってから、今初めて鳴沢の正宗に対する気持ちを聞いた。彼もまた、複雑な感情を正宗に対して持っていたことを知る。

「二年前、お前が正宗公を殺しに出かけた夜、本当は俺は、お前が正宗公についていってしまうような気がしていた」

「鳴沢……」

やはり鳴沢は気づいていたのだ。

「お前が俺のもとに帰ってきてくれたとき、俺がどんなに嬉しかったか、わかるか？」

鳴沢の綾瀬を抱きしめる腕に力が入る。

「だが、お前が正宗公を殺さずに帰ってきたことも知って、お前が彼に憎しみ以上の愛情を持っていることも知った。俺はお前の気持ちが落ち着くのを待つことにした」

綾瀬は鳴沢の顔を見上げた。

「綾瀬、俺と結婚してくれ。愛人じゃなくて、伴侶（はんりょ）としてきちんとした待遇をお前に与えたいんだ。こんなタイミングでプロポーズするのもおかしいかもしれないが、正宗公が亡くなったことで、俺たちも一区切りをつけて、前へと進んでいきたい」

「でも世間一般では……」

「新しい大和国は、自由の国だ。それを俺が証明する」

「鳴沢……」

「夫婦のように一生、一緒にいよう、綾瀬」

刹那――。正宗の言葉が胸に蘇る。

『――お前は私がいなくても輝いていける。だから私に縛られるな。前を向いて、お前の人生をしっかり歩いていくんだ』

彼は綾瀬が強く生きていくことを望んでいた。正宗のためにも綾瀬は強く生きていかなければならない。

綾瀬は静かに瞼を閉じた。

こんなにも綾瀬のことを心配し、元気づけてくれる鳴沢に、綾瀬は感謝してもしきれない。鳴沢には失礼かもしれないが、正宗を幸せにできなかった分、鳴沢を幸せにしたいと強く思う。正宗に対するように魂すべてを懸けて愛していくことはできないかもしれないが、それでも自分が必要とされなくなるまで、鳴沢を精一杯支えていきたい。

閣下、それでいいんですよね。

綾瀬はそう心で呟くと、鳴沢の唇に自らキスをした。

「あ……やせ？」

鳴沢がみるみる目を大きくし、驚きの表情を露にする。

唇は今まで鳴沢に許したことはなかった。正宗だけのものだったからだ。

だが、今日からは違う。鳴沢のものになる。そう心に決めてのキスだった。その決意は鳴沢にも伝わったようだった。

「ありがとうな……綾瀬」

綾瀬の首に鳴沢はそう言って顔を埋めた。

「こっちこそ、いつも鳴沢に甘えてばかりですまなかった。お前が待っていてくれることに、私は胡坐（あぐら）をかいていた」

「いい……お前にもいろいろ事情があったことはわかっている。お前が俺とこれから一緒にいてくれるなら、そんなことといいんだ」

これから鳴沢と真摯に向き合って生きていくために、綾瀬は綾瀬で一つの区切りをつけたかった。

「鳴沢、一つだけわがままを言わせてくれ」

「何だ？」

鳴沢は手の甲で目をごしごしと擦りながら笑顔を零した。

「私は正宗閣下を完全に吹っ切るために、鳴沢とこれから二人で生きていくことを、閣下に報告しに行きたい」

「報告？」

「ロゼルに行かせてくれ」

愛しい人が死んだ地を、一目、この目で見たかった。顔を上げれば、目の前の鳴沢と瞳がかち合う。彼は綾瀬の視線を受け止めると、ゆっくりと目を閉じた。

「――わかった。ビザが早く下りるように、俺からも外務省に連絡を入れておこう」

「ありがとう、鳴沢」

旅の準備を進めてから一ヶ月後に、綾瀬はロゼルの地を踏んだのだった。

＊＊＊

ロゼルの宿屋を出た途端、ざくざくと雪を踏みしめる音が鼓膜に届く。吐く息は真っ白で、冬のきらきらと光る青空に吸い込まれるようにして消えていく。

綾瀬が馬小屋の前まで行くと、馬のいななきが青空に響き渡った。

「夕方までにはお戻りくだせぇよ。この時期は天候が変わりやすいで、晴れていると思っても、すぐ吹雪になっちまうんです。日が暮れたら、わしら慣れたもんでもおしまいだで、どうぞお気をつけてくださいまし」

馬を貸してくれた宿主が、綾瀬に注意をしてくれた。

「わかっている。ありがとう」

あれから綾瀬は鳴沢の了解を得て、一名の供を連れて、ロゼルでも大和国との国境に一番近い町へとやってきていた。

「綾瀬様、私もついていきましょうか？」

供としてついてきてくれた男が申し出てくれたが、正宗と決別するために出かけるのに、他の人間は連れていきたくなかった。

「大丈夫だ。私も元帝国軍人だ。吹雪での対処も心得ているし、そうなる前にきちんと帰ってくるから、心配するな」

「どうかお気をつけくださいまし」

男は心配げに綾瀬を見つめると、深々と頭を下げ、綾瀬を見送ってくれた。

「では行ってくる」

綾瀬は馬に跨り、颯爽と町の郊外へと馬を走らせた。

この大地のどこかに正宗の魂が眠っていると思うと、逸る心を抑え切れなかった。同時にどこまで行っても彼を感じられる場所はないかもしれないという不安にも苛まれる。

あなたに……魂の欠片でもいいから、あなたに会いたい――。

以前にも、こんなことがあった。あれは正宗の屋敷に愛人契約の承諾をするために、嵐の中、馬を走らせたときだ。

漠然とした不安を抱え、あのときも後悔しないようにと心を奮いたたせ、馬を走らせた。

今度も後悔しないように、正宗への恋心を、このロゼルの大地に埋めようと馬を走らせている。綾瀬は既視感に似た感覚を覚え、少しだけ切なくなった。

あの嵐の夜から三年以上経っていることが信じられない。あまりにもいろんなことが目まぐるしく変わり、あの頃からはとても今の自分は想像できなかった。

そう、正宗をこんなに愛するようになるとはまったく想像もしていなかった――。

鳴沢が無事に戻ってくるまでの、契約上だけの関係で終わると思っていたのに――。

しばらく馬を走らせると、氷で凍てつく大雪原が目の前に開けていた。

何もない真っ白な雪の大地には、青いマリスの花はおろか、生命の存在をまったく感じることはできない。ただ氷に閉ざされている世界が広がっているだけだ。だが、それがどこか正宗の姿を思い出させた。

白い世界は永遠に続くと思われるほど、綾瀬の目の前に大きく広がっていた。

どれだけこの雪原を駆け抜けたら、正宗に会えるのだろう——。

この白い何もない世界の果てに、綾瀬の唯一無二のものがあるに違いない。

気が遠くなるほどの白だけの世界に、いっそのこと、このまま吸い込まれてしまっても構わなかった。綾瀬自身も溶け込んで消えてしまいたくなる。

馬に乗って、ただひたすらに白い世界を駆けると、もう鼓膜には風を切る音しか響いてこなかった。

ただ静寂だけが眠る銀世界に、綾瀬だけが一人生きている。たった一人だけ残されて、足掻いている。

苦しい——。

苦しくて、悲しくて、心が張り裂けそうだ。

ヒヒィィン！

馬が何かに驚いたように急に前脚を上げていなないた。白い兎が横切っていくのが視界の隅に入った。

馬を宥め、ふと空を見上げると、青空がいつの間にか雲に覆われ始めていた。雲の切れ間から陽射しが差し、きらきらと小さな氷の結晶が舞っている。

寂しく静かな世界に、綾瀬はようやく馬から下り、そして足跡をつけた。サクッと雪を踏む音が聞こえる。

綾瀬は小さく息を吐くと、そっと目を瞑った。

「……来ました、征一郎さん」

綾瀬の呟きは広い雪原に吸い込まれていく。綾瀬はおもむろに腰からナイフを取り出すと、そのまま足元の雪に覆われた大地を、ナイフを使って掘った。

冷たい大地は凍って硬くなっていた。それでも懸命に小さな穴を掘り続ける。手袋をしていても、その冷たさに手が思うように動かなかった。

「くっ……」

少しでも深く掘りたかった。自分の正宗への思いを埋めるのだ。浅い穴では簡単に這い上がり、あてもなく正宗を求めて彷徨(さまよ)ってしまう。永遠に閉じ込められるほど深く穴を掘りたかった。

どうにか自分が納得できる程度に掘り、続けて自分の髪を一房、乱暴に切り落とした。かつてこの髪を正宗は綺麗だと言って、自ら梳(と)かしてくれた。その髪をこの雪の大地に埋める。

己の恋心は、このロゼルの大地で正宗と一緒に眠るのだ。

自分にそう言い聞かせ、髪を埋め終えた。だが想いは綾瀬が思っていたよりも大きく、この大地に埋めきれないほどのものだった。

「征一郎さん……」

涙が溢れ、止まらない。今ここに自分の恋心は埋めたはずなのに、まだ綾瀬の胸に息づいている。

鳴沢を支えて生きていくと決めた綾瀬には、もう不要なものだというのに、正宗への愛はまったく心から消えようとはしてくれなかった。とうとう綾瀬は大地に崩れ伏し、嗚咽を漏らした。

今まで泣くのを我慢していたせいか、誰もいないと思うと、いつもよりも涙もろくなってしまったのかもしれない。声を上げて泣き叫んだ。

「征一郎さんっ……どうして私を連れていってくださらなかったのですかっ」

誰にも言えなかった文句が口から零れ落ちる。

こんな想いなどしたくなかった。後に残されたほうがどれだけ悲しいか、正宗に教えてやりたい。

「二人の約束を……たった一つの約束くらい、守ってくださってもいいじゃないですか」

二人で花を見るのは、最後の楽園でもいいと心では言い聞かせていたが、それでも本当はこの世で、この大地で、正宗と二人で青いマリスの花畑を見たかった。

もしかしていつか夢が叶うのではないかと、綾瀬に生きる希望を与えてくれていたのだ。

それなのに――。

死んでしまった。

「あなたに、会いたい――っ……」

もう一度、あの声で名前を呼ばれたい。胸を焦がすような熱に触れたい――。

「なのに、あなたは、どこにもいないのですか――？」

二度と会えない。その事実が綾瀬の上に大きくのしかかる。その苦しさに、もう息もできないほどだった。

それなのに死ねない。

正宗が生きることを望んだからだ。

「ううっ……あああ……」

綾瀬はひとしきり泣いた。国に戻ればまた仮面を被って笑顔で過ごさなければならない。

弱い己を晒すのは今回が最後だとばかりに、ずっと泣き続けた。

冷たい風が頬を撫でる。綾瀬は顔を上げ、ふらふらと立ち上がった。そして簡単な焚き火を起こし、その火で暖をとりながら、馬と一緒にずっと雪原を見つめた。

陽が西に傾きかけていた。どんよりとした雲の隙間から白い雪原に、少しオレンジがかった光が差し込んでいた。

「……帰ろう」

ようやく心が落ち着いてきた。正宗を吹っ切る覚悟ができたというのだろうか。綾瀬は火を消し、重い腰を上げて馬に跨った。

「征一郎さん、いつかまた会える日まで……少しの間、お別れです……っ……」

言葉が喉に詰まる。だが、自分の覚悟のためにも最後の一言を口にした。

「さようなら……」

固い決意で正宗に最後の別れを告げ、綾瀬は自分の髪を埋めた場所から視線を外した。そしてそのまま馬を町に向けて走らせたのだった。

「まずいな……」

綾瀬が天候の変化に気づいたのは、しばらく馬を走らせてからだった。雪原の向こう側がどんよりとした濃い灰色の雲に覆われ始めていた。

「吹雪が来るか」

綾瀬は無理をして馬を走らせることをやめ、適当な岩陰を見つけると、そこでしばらく雪を凌ぐことにした。吹雪の中、馬を走らせても道を見失い、遭難することは必至だ。

仕方なく馬から下りて、荷物の中から防寒シートを取り出した。さらに猛吹雪にも耐えられるようシェルターも作る。

そのときだった。馬が何かに驚いて暴れだした。馬に視線を遣ると、また兎が走り去っていくのが目に入った。兎が急に馬の足元に現れて驚かせたようだ。兎も馬に蹴られないようにとばかり、慌てて雪原の中へ消えていく。

綾瀬は馬の傍へ駆け寄り、宥めた。

「どうどう、落ち着くんだ。兎だろ？　お前、兎が嫌いなのか？　何もしないよ、大丈夫だ」

しかし馬は興奮するばかりだった。普段、綾瀬が乗っている馬とは違い、調教が上手くされていないようだ。あまりの勢いに、馬を繋いでおいた紐が杭から外れ、綾瀬が止めようにも馬は走り去っていってしまった。極寒の中、いきなり置き去りにされる。

「……まいったな」

携帯食糧も水もすべてまだ鞍につけたままだった。手元にあるのは防寒シートだけだ。

だが不思議と綾瀬に焦る気持ちはなかった。恐怖もない。ただあるのは、安堵だけだ。

もう戻らなくてもいい。戻れない理由ができた。

そう思うと、なぜか心が落ち着いてきた。もしかしたら自分は大和に帰りたくなかったのかもしれないと気づく。

綾瀬はシートで上半身を包み、岩陰へと躰を滑り込ませた。岩に凭れ、灰色に染まった空を見上げる。

「鳴沢、ごめんな……」

ただ、気がかりなのは鳴沢のことだけだ。一度は鳴沢と共に生きていこうと決めたのに、こうも簡単に彼を捨てて死のうと思う自分はとても薄情な男だと心から思った。

「鳴沢、私のような男は、お前には不似合いだ。心が生きることを拒否している。こんな男は駄目だ。もっといい相手を探せ……」

もう死んでもいいのかもしれない。いくら正宗に生きろと言われたとしても、このまま正宗がいないのに生きていくのは、綾瀬には無理だ。正宗が死んだことによって、綾瀬の心は死んでしまったのだ。死んだ心はどんなに頑張っても生き返りはしない。

それくらいの本物の恋に出会ってしまったのだから——。

「征一郎……さん……」

徐々に綾瀬に睡魔が襲ってくる。シートに包まれているせいか、あまり寒さも感じなかった。鼓膜を震わす吹雪の音もまるで子守唄のように綾瀬には聞こえる。

綾瀬はゆっくりと目を瞑り、静かに死の時を待った。

どれくらい経っただろう。ふと綾瀬の意識が戻る。

辺りはしんと静まり返っていた。どうやら吹雪は収まったようだった。

綾瀬は雪で重みを増した防寒シートから外へと這い出た。

「あ……」

目の前には月に照らされて青白く光る雪原が広がっていた。それはまるでマリスの花が咲き乱れたようにも見える。

いつか、一緒に見に行こうと約束した――、

「マリスの花……」

物音一つしない静寂の世界に心が吸い込まれそうだった。

そのまま、ただぼうっと景色を見つめていると、やがて人が雪を踏みしめるような音がするのに気がついた。それは段々と綾瀬に近づいてくるようだった。

誰、だろう……。

月夜に照らされた大地に人影が映る。

誰も助けてくれなくてもいいのに。このまま私に気づかず、置いていってくれ……。

だが綾瀬の願いも空しく、人影は綾瀬に気づいたようで、すぐ傍までやってきた。

刹那――。人影が月明かりに照らされる。

「せ……征一郎さん」

声が震える。綾瀬の目の前に現れたのは、死んだはずの正宗征一郎だった。

「生きて……生きていたんですか」

かじかむ躰を精一杯動かして、彼にしがみつく。すると正宗がしっかりと綾瀬を抱きしめてきた。

もう……嫌だ。一人で残されるのは絶対嫌だ――。

「征一郎さん、二度とあなたと離れたくない。今度こそ私も連れていってください」

彼が承知したとばかりに、綾瀬をさらに強く抱きしめてくれた。彼のぬくもりが綾瀬の躰を包み込む。綾瀬は正宗の胸にしっかりと顔を埋め、目を瞑ったのだった。

■ エピローグ ■

「早いものだな……。もう一年か」

式場で、椅子に座っていた真田が寂しそうにぽつりと呟いた。

その声に隣に寄り添って座っていた佐々木が顔を上げる。

「そうですね……。でも、いいふうに考えれば、これでやっと綾瀬さんたちも自由になれたような気がします。僕たちも大和に貴族制度がなくなって、自由になれたように……」

そう言いつつ、佐々木は大広間の奥に置いてある立派な棺（ひつぎ）に目を遣った。その棺の中には、花以外何も入ってない。

今、綾瀬春高の葬式が済んだところだった。

一年前、ロゼルに出かけた綾瀬は、そのまま遭難し、帰らぬ人となった。

綾瀬の死体はオオカミに食われ、わずかな骨だけが残っていたような無残な状態で、近くに綾瀬の私物が落ちていたことから、綾瀬だと判断するしかないほどだった。

最初はそれでも行方不明ということで、捜索隊が出された。だが一年経って、鳴沢がようやく綾瀬の死を受け入れ、本日、葬式を出すことになったのだ。

「あの世で、正宗もやっと綾瀬君を手に入れて、幸せでいるだろうよ。この世ではあいつは幸せになれ……なかった……っ」

真田から急に嗚咽が漏れる。いつもは冗談ばかりを言って、時々佐々木の眉間に皺を寄せさせるほどなのに、さすがに親友の死を思い出すと、そんな真田もこたえているのがわかる。

「ええ、幸せだと思います。今頃、こちらが心配することないほど、二人で愛し合い、幸せでいると思います。きっと……」

佐々木は真田の背中をそっと撫でた。真田はそれ以上、泣くことはなかったが、肩を震わせ、悲しみに耐えていた。

真田は佐々木がいるために泣くのを我慢しているのだろう。佐々木に心配させたくないとの気遣いに違いない。涙を見せようとしない彼に、佐々木こそ泣きたくなった。

我慢なんてしなくてもいいのに……。

自分がいることで啓一を苦しめることはしたくない。

「――そうだ、啓一さん、喉が渇きましたね。飲み物でも貰ってきましょうか」

佐々木は真田が落ち着くまで少し席を外すことにした。佐々木がいなければ、真田も思う存分、正宗や綾瀬を偲ぶことができるだろう。彼らはそれだけ真田にも大切な友であり、それゆえに佐々木も軽率に彼を慰める言葉をかけたくはなかった。

佐々木はさり気なく彼から離れ、多くの人が行き交う会場を歩いた。すると後ろから急に声をかけられる。

「あ、佐々木さん。ご無沙汰しております。今日はお忙しいところを、ありがとうございました」

深く頭を下げたのは綾瀬の妹の冬子だった。冬子とは鳴沢の美月池の別荘へ一緒に出かけて以来の再会だ。

「冬子さん、このたびはご愁傷様でした」

「恐れ入ります」

「とうとうお兄様も逝かれてしまいましたね」

「ええ、ですが兄も本望だと思います。鳴沢さんには悪いけど、兄は正宗閣下を慕っていたと思いますから……」

「冬子さん……」

冬子が綾瀬と正宗のことに気づいているとは思ってもおらず、佐々木は驚いた。すると冬子は悪戯（いたずら）っ子のようにクスッと小さく笑った。

「あら、何年、兄の追っかけをしていたと思っているんですか？　大好きな兄が誰を気にしているかくらい、女の勘でわかります」

きっと悲しいであろう気持ちを、おどけた様子で隠され、佐々木は苦笑するしかなかった。

「女の勘とやらは、恐いですね。僕も気をつけないと……」

「そうよ、気をつけてくださいね。佐々木さんのことも、いろいろと勘繰っちゃうから」

冬子の言葉にドキリとしながらも、笑って誤魔化す。佐々木としては真田に男の恋人がいることで、これ以上苦労はさせたくないので、できれば公には秘密にしておきたいところである。

いくら身分制度が廃止となった今といえども、二人の間にはまだまだ問題は山のようにあるのだ。

でも逃げないと決めた。何度も身を引こうと考えたし、実行しようとしたこともある。だが綾瀬や正宗の姿を通して、二人でいることの幸せを教えてもらい、佐々木も覚悟をつけた。

いつかそのときが来たら、冬子にもきちんと報告をしようと、佐々木は心に誓った。

「また冬子さんにご迷惑をかけるときが来るかもしれませんが、何かお力になれることがありましたら、ぜひお声をかけてくださいね」

「ええ、ありがとう。あら？」

冬子の目線が佐々木の背後に移る。佐々木も彼女の視線の先を追い、振り返った。すると、綾瀬家の前に郵便配達のバイクが止まっているのが見えた。配達員はそのまま何かを郵便受けに入れていく。

「何か届いたようですね」

「弔電かしら？　それにしても弔電だったら手渡しで持ってくるはずだし……」

冬子はそのまま庭先に出て、郵便受けへ手紙を取りに行った。佐々木も話のついでもあり、冬子と一緒に郵便受けへと行くことにした。

「誰からかしら？」

開いた郵便受けには一枚の絵葉書が入っていた。

「差出人の名前がないですね」

「宛先が私の名前になっているから、私宛なのは確かだけど……」

ふと絵葉書を裏返す。

「っ……」

冬子が思わず息を呑んだのがわかった。佐々木は不思議に思いながらも、彼女に視線を向ける。冬子は尋常ではない様子で固まっていた。

「冬子さん？」

声をかけても冬子は固まったまま、葉書を見つめている。

もう一度佐々木は冬子の手にしている絵葉書に視線を戻した。

絵葉書に写っているのは、ロゼルの大地を真っ青に染め上げる美しい花畑の風景だった。

なんの挨拶文も書かれていない、写真だけの葉書だ。

「綺麗ですね。この花、確かマリスっていうんですよね？　それにしても何も書かれていないとは……。一体、誰が送ってきてくれたんでしょうね」

だが冬子からの返答はない。やはりおかしいと思い、再度声をかける。

「冬子さん？」

「お兄様――」

次の瞬間、震える冬子の小さな声が、確かにそう呟いたのを、佐々木は耳にしたのだった。

それは暖かな小春日和（こはるびより）の昼下がりのことであった。

END

白光の宴

綾瀬は正宗に命令されるがまま、長谷部男爵の屋敷で催される秘密のパーティーへと顔を出していた。

自国が戦争をしているというのに、長谷部男爵の屋敷は、そんな戦争などとはまったく無縁だとばかりに、あらゆる贅を尽くし、相変わらず華やかなものだった。

そもそも一般的に上級階級には戦争などほぼ関係ないのだから仕方がないと言えば、それまでかもしれない。

戦うのは平民出身の軍人だけで、上流階級出身の軍人になると前線に出ることなどほとんどない。ただチェスの駒が動くのを横で見ているような感じだ。駒さえ動かすこともない。

そういう事情もあって、上流階級に属する人間になると、自国が戦っているのに他人事のようにしか感じていない愚かな者も現れる。

大和帝国は神風に守られ、敵国の飛行機などが上空を飛べないために、敵を直に目にすることもなければ、結局、帝都まで軍勢が押し寄せる寸前まで実感が湧かないのだろう。

それゆえか、ここに招待されている上流階級の人間もさほどいつもと変わらず、贅沢な時を過ごしていた。

名だたる顔ぶれで大広間が埋め尽くされた夜会ではあるが、その裏ではさらに選ばれた人物にのみ許される秘密クラブも開催されている。そこは時には麻薬や娼婦などが斡旋される乱交パーティーともなっていた。

綾瀬は正宗に連れられ、大広間のさらに奥にある小さなドアをくぐった。その先にはまた長い廊下が続いている。

表から警察に踏み込まれても、廊下が長いことによって特別室にたどり着く時間を少しでも稼ぎ、客が逃げられるようにするためだと聞いている。

綾瀬はそのまま歩を進め、突き当たりの部屋へと入った。薄暗い部屋に、何かが蠢いている。

声と息遣いで男女が睦み合っているのがなんとなくわかった。思わず目を逸らす。何度来てもこの淫靡な雰囲気に慣れることはなかった。

部屋にいるほとんどの人間が衣服を着ずに裸で睦み合っている。中には人に見せることが快感なのか、わざと灯りを照らしてまぐわっている者もいた。

複数で絡む者、同性同士で行為に耽る者、さまざまだ。

正宗はそんな淫猥な空間を、まったく興味を示す様子もなく、さらに奥へと進んでいく。

綾瀬は左右で行われている痴態から気を逸らすために、正宗の背中だけを見つめて後をついていった。

やがて正面奥に真っ黒に塗られたドアが現れた。両脇にはガードマンだろうか、屈強な男たちが立っており、正宗に気がつくと、すぐに頭を下げてドアを開けた。この先は特級貴賓室である。

元々、秘密の特別室も選ばれた人間しか入れないが、さらにこの特級貴賓室に入れる人間はその中でもごく一部だ。

特級貴賓室は洒落たクラブのような造りとなっている。半裸のスタッフが薄暗い空間を、蝶のようにひらひらと舞うがごとく、フロアを行き来していた。中央は床が一段高くなり、そこでちょっとしたショーができるようになっていた。

「これは珍しい人が来たではないか」

いきなり横から声がした。正宗が声のしたほうへ振り向き、深く頭を下げた。

「白崎中将閣下、ご無沙汰しております」

その名前を聞いて、綾瀬も慌てて深く頭を下げた。軍でも力ある大御所である。普段ならとても声なども聞けぬほどの御仁だ。

「最近、貴公が美しい愛人を連れていると耳にしていたが、なるほどその男か？」

綾瀬の顔は知らないようだった。内心ホッとしながらも、綾瀬は頭を下げたまま顔を上げぬようにした。だが白崎はすぐ傍までやってきて、綾瀬の顎に手をかけた。そのまま上を向けさせられる。

「ほぉ、これは、なかなかの別嬪だな」

「閣下のお目に適うような者ではございません」

「そんなに警戒するな。貴公の愛人を奪おうなぞ無粋なことはせん。だが、この綺麗な男がどんな顔をして乱れるかは興味があるな……」

白崎中将の手が綾瀬から離れる。綾瀬は失礼のない程度に急ぎ正宗の背後に隠れた。それと同時に、綾瀬の背筋が恐怖で震えてくる。正宗相手でも、鳴沢のためだと言い聞かせて抱かれているというのに、他の男に抱かれるなど、とてもではないができない。しかし相手が白崎中将閣下という人物である以上、正宗の権力といえども、否と言えないのも事実だった。

「その愛人を抱いてみたい。または他の男に抱かれている姿が見たいと言ったら、貴公はどうするかな」

「中将閣下……」

正宗の立場なら綾瀬を白崎に引き渡すのが得策だ。上官であるだけでなく、貴族の身分でも白崎は正宗に匹敵するほどの名家なのだ。綾瀬ごときで溝ができてはならない。

それに愛人契約に、他人に抱かれることは含まれていないが、副官という立場の綾瀬からしてみれば、正宗を不利な立場にすることはできない。ここは正宗のためにも白崎の言葉に従うのがいいことは綾瀬にも理解できる。

でも……。

心ではそう割り切れても、綾瀬はどうしても正宗以外の男には抱かれたくなかった。自分でも己の意見が通るとは思わなかったが、正宗にしか聞こえない小さな声で、懇願してしまった。

『どなたにも抱かれたくはありません……』

身分不相応な願いだ。わかっている。わかってはいるが、とても他の男に抱かれるようなことは受け入れられない。

綾瀬はきつく目を閉じた。副官としてあるまじき願いを口にしてしまったことを後悔もした。やはり自分さえ我慢すれば、この軋轢も上手く回避できるのだ。戦時の中、中将と少将の間に溝ができるのは国にとっても損害となる。

私が我慢すれば――。

『閣下――』

もう一度綾瀬が声を出したときだった。正宗は中将に向かって頭を下げた。

「この愛人はまだ躾ができておりません。中将閣下や他の御仁に抱かせ、粗相があっては私の面目がたちませんゆえに、私がこの者と交わるところをお見せいたしましょう」

「ほぉ……それは楽しい余興だな。舞台もあいていることだし、ここにいる方々も、少しは憂いの慰めになろうぞ」

ちらりと正宗の視線がフロア中央の一段高くなった場所へと移る。そこはいつも余興でショーなどを見せる舞台になっている場所だった。

フロアが大きくざわついた。

「正宗公がショーに参加されるなど前代未聞のことだ。どんなときでも蚊帳(かや)の外にいらっしゃったのに……。よほどあの愛人が大切でいらっしゃるのか――」

そんな囁(ささや)き声が聞こえてくる。誰(だれ)もが正宗がそんなことを引き受けるとは思ってもいなかったのだろう。綾瀬もまた自分の発言がこのような形になろうとは考えてもいなかった。

閣下が私のせいで見世物にされてしまう――。

綾瀬は自分の前に立つ正宗の背中を見上げた。

確かに綾瀬の意見も聞き、この場を押さえるのなら、正宗が綾瀬の相手をするのが一番上手く収まるかもしれない。だが、正宗自身がショーの見世物となることに、綾瀬は躊躇(ためら)いを覚えた。

正宗のような高貴な人間を見世物という立場に貶(おとし)めてはならないという思いが胸にあるからだ。たとえ自分が見世物になろうとも、それは鳴沢を救うという強い思いがあるから、仕方ないと諦(あきら)めることができるが、正宗が見世物になる理由などないような気がした。

周囲の言うような、綾瀬が大切だということはありえない。

「閣下」

綾瀬は正宗を引きとめようと声を上げた。だが、正宗は視線だけで綾瀬を黙らせ、そして命令をした。

「服を脱げ」

「か……っか」

「皆にお前の貞操帯を見せてやるよい機会だろう？」

意地悪げに彼の唇が歪（ゆが）む。綾瀬はそんな彼の表情を見たくなくて、視線を伏せた。

貞操帯。

以前、綾瀬が資料室で一人残業をしていたときに、兵士に襲われ強姦（ごうかん）されそうになった事件があった。それから、正宗は綾瀬に貞操帯をつけさせるようになったのだ。

綾瀬は正宗から下着を着けることは禁止されている。そのため脱ぐと正宗が特別に職人に作らせた貞操帯が、下半身にきっちりと装着されているのがすぐに目に入る。

俄（にわ）かに周囲からどよめきが起こった。誰もが綾瀬につけられた貞操帯に視線を釘（くぎ）づけにされているようだった。

綾瀬の陽に焼けていない色白の腰から太腿（ふともも）にかけて、黒く細い革のベルトがまるで蔦（つた）が這（は）うようにしっかりと巻かれているのだが、黒のなめし革が真珠色の肌に映え、どこか生々しい色気を感じる。

この特別に誂（あつら）えた貞操帯は、他の男のものを咥（くわ）え込まないようにと、正宗が用意したものだ。綾瀬の双丘の狭間に筒状の物が差し込まれ、肛門を塞いでいる形となっている。

筒状の物には蓋があり、開けると空洞になっていた。そこに興が乗れば媚薬を注ぎ、貞操帯を取ることなく、綾瀬を悶えさせることもできる。また筒には振動する機能もついており、綾瀬を淫らに喘がせることに特化した仕様になっていた。

さらに綾瀬の前には、ベルトと同じく黒いなめし革で作られたカップのようなものがつけられている。三角に近い形をしたそれは、綾瀬の下半身を隠すようになっていた。

公務中に綾瀬にお仕置きをしても、他人にばれないようにするために作られたものだ。このカップで綾瀬の下半身を押さえておけば、多少勃起しても軍服の布地を突き上げたりせず、外からは綾瀬が欲情していることがわからないのだ。

だがその勃起も簡単にはできないようにしてあった。下半身は同じベルトで締めつけられ、射精を堰き止められており、事実上は達けないようになっていた。

快感を過剰に与え、だが射精もさせず、禁欲的な軍服を着ながらも淫らに悶える綾瀬を観賞するためにだけ作った貞操帯である。

「上も脱げ。全裸になるんだ」

「……はい、閣下」

抵抗しても無駄だ。この場を収めるには、もう綾瀬の痴態を見せるしかない。綾瀬は素直に全裸となった。

貞操帯だけが躰に巻きついた状態が、いかに卑猥でみっともないか、綾瀬自身がよく知っている。

「こちらへ来い、綾瀬。鍵を外してやろう」

言われるがまま、綾瀬は正宗へと近づいた。彼の手で鍵を外され、貞操帯がするりと落ちた。

「もう勃てていたのか？　相変わらず感じやすいな」

綾瀬の下半身は小さく頭を擡げていた。この衆人監視の中、躰がわずかに興奮し快感を覚えているのを否定できない。正宗にいろいろ仕込まれ、躰が淫猥な性質を帯びてしまっているのを認めざるを得ない瞬間だ。

「お客様に楽しんでもらうためにも、お前に達くことを禁ずる。わかったな」

「……はい、閣下」

「お前が無理をしないように、ここを塞いでやろう」

正宗の手にはダイヤのついたピンがあった。それを綾瀬の先端に、すっと差し込む。

「っ……」

ぞくぞくとした卑猥な痺れが綾瀬の背筋に走る。これでこのピンを抜かない限り射精できないのかと思うと、一層射精感が募り、まだ何もされていないのに、今にも雫が零れそうな気さえする。

「あ……ありがとうございます、閣下」

「あと、これを飲め」

差し出されたのはタブレットだ。しかし綾瀬はその正体を痛いほど知っていた。時々使う催淫剤だ。即効性があり尚且つ、副作用がないものだ。

このクスリを飲むと綾瀬は意味もわからず理性をなくし、快感に忠実な奴隷となってしまうものだった。

「閣下……なぜ」

どうしてここでそんなものを飲ませるのかわからなかった。皆の前でクスリによって乱れた綾瀬を見世物にし、笑い者にしたいのか。

信じられない思いで正宗を見つめるも、彼から返答があるわけはない。綾瀬は彼の差し出したクスリを受け取るしかなく、そのまま口に含み、飲み込んだ。

正宗は綾瀬がクスリを飲んだことを確認すると、その頬を愛おしむように撫でた。するとすぐにそこからじわりと熱が生まれる。その熱は綾瀬の神経を狂わせ、躰に官能の焔を灯させる。

薄暗い部屋で、淡いスポットライトが当たった場所へ連れていかれ、そこに座らされる。正宗は上から下まできっちりと服を着ているのに対し、綾瀬は全裸だ。

「来い」

そう言って正宗は綾瀬の躰を引き寄せ、臀部に指を這わせた。

「先ほどまで咥えさせていたからな、いきなり挿れても構わなさそうだな」

ひくひくと蠢く綾瀬の双丘に潜む蕾を指の腹で突いてくる。

貞操帯に付帯している綾瀬の蕾を塞ぐ棒は、他の男を咥え込めないよう防止しているのと、正宗がすぐに受け入れられるように穴を広げておくための二つの用途のためだ。

棒は正宗よりも少し細く作られ、短い時間でも正宗をすぐに受け入れられ、且つ、彼を締めつけられるように調節されている。

彼を締めつけない緩い穴は必要ないのだ。適度に締まりがなければ正宗を愉しませることができない。

それに今はクスリが効き始めている。今、正宗の指が蕾に触れるたびに、その指さえも咥えたくなる衝動と綾瀬は戦っていた。

「挿れてほしそうだな」

「あ……」

「少尉はここを擦られるのが好きだったな」

彼の指がくちゅりと濡れた音を立てながら、綾瀬の体内に入ってくる。

「あ……好き、です」

そう答えることができれば、彼からご褒美が貰えると調教されているのもあり、すんなりと言葉が綾瀬の喉元から零れ落ちる。

正宗の指がご褒美とばかりに、さらに奥へと挿し入れられる。彼の指が狭い肉壁を行き来するたびに、ズクンと綾瀬の躰の芯から疼きが走った。前立腺の裏を執拗に擦られ、嬌声が上がる。

「あっ……はああっ……」

深い場所から湧き起こるような熱い痺れが、脳天へ突き抜ける。

クスリのせいもあり、すぐに躰が歓喜で震えてくる。どうにも治まらない淫靡な波は、綾瀬の理性を飲み込み、快楽に溺れそうだ。

「はっ……んっ」

躰が凄絶な愉悦に耐えきれず、陸に上がった魚のようにピクピクと痙攣し始めた。

ああ、早く、閣下の熱を受け入れたい――。

己の理性が静かに壊れ、そして崩れていくのを肌で感じる。もっと強い刺激で全身を埋め尽くしてほしい。熱い楔で擦って、最奥まで穿たれたい。

「挿れて……くださ……いっ」

クスリで浮かれた頭で本能のまま懇願する。周囲にいる見物客など、もう頭にはなかった。

綾瀬は躰を屈め、躊躇することなく正宗の股間に唇を寄せると、手を使わずに、彼のトラウザーズのジッパーを口で器用に下ろした。

　ジッパーを下ろしきると、目の前には正宗の巨根がある。丁寧に唇だけで下着をはだけさせ、彼の欲望に舌を這わせた。

「もっと顎を使え」

　頬を撫でられながら命令されると、綾瀬の背筋がぞくぞくと痺れだす。早くこの硬くて熱い楔で己を穿ってほしい。

　そんなことを想像するだけで、綾瀬の躰に快感が走る。これも調教された成果の一つだ。綾瀬は正宗に教えられた通り、舌や歯茎を使って正宗を丁寧に愛撫（あいぶ）した。どれくらい経っただろう。正宗の手が綾瀬を制止した。

「そろそろいいだろう。私の上に乗れ」

　正宗は、ほとんど衣服を乱さぬまま、舞台の上で横になった。一方、一糸纏（まと）わぬ姿で綾瀬は言われるまま、彼の腰の上辺りに跨（また）がった。騎乗位を強要されているのは、すぐに理解していた。

「挿れろ」

「あっ……」

　まずはゆっくりと腰を下ろし、注意深く彼を体内へと挿れる。

　じんわりとした張りのある雄が綾瀬を犯す。

「はぁっ……ああ」

どうしてか幸福感を味わうような満たされた思いが綾瀬の胸に広がる。

「ああっ……」

彼の体温を直に感じ、絶え間ない欲望のざわめきが綾瀬の躰を支配する。己の体重がかかる分、腰が沈み、いつもより深い場所まで正宗が食い込んでくる。

「はあっ……」

「もっと締めつけろ」

軽く臀部を叩かれる。それで綾瀬は自分だけ愉しんでしまい、正宗を愉しませることを忘れていたことに気づく。

「お前の色っぽいところを、皆さんに見ていただくんだ」

「あ……」

薄暗い室内に視線を遣る。すると綾瀬と正宗の行為に触発されたのか、数組が淫らに睦み始めていた。

異常な空間。だがその空間こそが、今自分が生きられる場所なのだ——。

綾瀬は己の覚悟を胸に秘め、再び腰を動かした。

双丘の狭間に息づく蕾の襞が、正宗の欲望によって押し広げられ、ずるずると肉襞を擦られるような感覚とともに、彼が綾瀬の中でさらに嵩を増やすのを感じる。

「っ……ああっ……」

声を上げた途端、下から激しく突き上げられ、明らかに女性とは違う筋肉質な躰に綾瀬は翻弄される。そして代わりに綾瀬は自分を支配してくる相手に、すべてを委ねた。

これが私の決めた運命――。

正宗が、ある一箇所を擦り上げるたびに凄まじい喜悦が湧き起こり、嬌声を上げる。

理性が躰ごとドロドロに溶けてしまいそうになる。

「あっ……ああっ……っ」

「少尉……」

正宗の濡れた声が鼓膜に響く。それだけで達ってしまった。もちろん前はダイヤのピンで塞がれているため、吐精することはなかった。

「もっと達け」

綾瀬が達ったことに気づいた正宗がさらに腰の動きを激しくした。

「だめ……っ……深いっ……ああっ」

綾瀬は今まではどうにか自分の足で躰を支えていたが、快感でとうとう足の力が抜け落ち、そのままずるりと重力に引き摺られるまま、正宗の欲望を深く咥え込んでしまった。

「はああっ……あああっ……」

熱が一気に溢れ返る。

「あっ……はあはあはあ……」

意識が遠のきそうになるのを、懸命に留めめる。

「まだだ。もっと私を悦ばせろ」

「ああっ……そんな……か、っか……ああっ」

呼吸困難で正宗の胸に倒れかかるも、まだ腰を揺すられる。逃げ出そうと腰を浮かすも、その腰を正宗に強引に引き寄せられ、また奥へと男の欲望が捻じ込まれた。

「あっ……っ……」

どこまでも奥へと入り込んでくる熱に、綾瀬は気が狂う。

何度も何度も深いところを突かれ、綾瀬はいつの間にか気を失ったのだった。


綾瀬の髪を誰かが優しく撫でているのが、なんとなくわかった。そして複数の男の声もする。一人は正宗であることがすぐにわかった。あと一人は――。

「正宗公、いいものを見せてもらった」

「まだ躾がしっかりとできていない愛人で、お恥ずかしい限りです。途中で意識を失うなどありえない」

「そうかな、正宗公。わしの目をあまり甘くみないほうがよいぞ。貴公が愛人にクスリを飲ませたのも、大方、この愛人に観衆の目を気にさせないようにするか、早く快感で意識を失うかを狙ってのことだろう」

「……中将閣下には敵いませんね」

柔らかな正宗の声が綾瀬の胸に届く。

私のため——？

まだ眠りから覚めきらぬ思考で、なんとなく思う。

まさか……夢だ。これは夢だから都合のいいように聞こえるんだ。

綾瀬はそう自分に言い聞かせながら、また深い眠りに就いたのだった。

それは、綾瀬が正宗の愛に気づくまで、まだしばらく時間がかかる頃のお話——。

END

白昼の幻影

「いいブランデーだな」

「ああ、正宗（まさむね）、お前もこれ、好きだっただろう？」

真田啓一（さなだけいいち）はブランデーを正宗征一郎（せいいちろう）に注いだ。このブランデーは隣国から取り寄せたもので、幻の名酒と言われているものだ。

いきなり正宗が屋敷を訪ねてきたため、真田はそのとっておきのブランデーを出してやった。

それに正宗がいつもとは違い、非常に機嫌がいいのがわかり、なんとなく祝ってやりたい気分になったのだ。

「正宗、いいことでもあったのか？」

「どうしてだ？」

彼がブランデーの注がれたグラスを見つめながら尋ねてきた。彼の口許（くちもと）がふわりと笑みを作るのを見て、真田は自分の勘があながち外れていないことを知る。

「表情が柔らかい」

答えてやると、正宗の鋭い双眸（そうぼう）が少しだけ見開く。そして小さく吐息だけで笑った。

「ふん、お前にはわかるんだな」

そう呟き、瞼を閉じた。

「そろそろ戻らないといけないな」

「戻る？」

正宗の言葉の意味がわからず、真田が首を傾げると、正宗はおもむろにカウチから立ち上がった。

「綾瀬が……春高が心配するからな」

「綾瀬？」

そこでふと、真田の胸に小さな違和感みたいなものが生まれた。チクリと心臓が痛い。何か見落としているような、変なちぐはぐ感。

真田はそれを摑みかけそうになり、視線を手元のグラスに移した。

綾瀬は……行方不明になっているはず――。

そう思いかけて視線を戻す。だがそこには正宗の姿はすでになかった。

「正宗――」

弾かれたように真田は応接間から飛び出し、エントランスへと向かう。いつもいるはずの使用人が、どうしてか、このときばかりはいなかった。

「くそっ……」

真田はエントランスにかけてあった外套を乱暴に羽織り、外へと出る。門の向こうに黒い影がちらりと見えたような気がし、真田は石畳を駆けた。

「正宗っ！」

門の外は真っ白な銀世界だった。まだ二月である。薄雲に覆われた空は、また夕方から雪が降るのだろうか、寒々としていた。

——そうだ、そうだった。

真田はようやくぼんやりとした思考がクリアになってきたのを感じずにはいられなかった。

三年前、ロゼルとの戦争で大敗したことをきっかけに、大和帝国は身分制度を撤廃し、誰もが平等である平和な国へと変わった。

真田の実家も侯爵という爵位を返上し、平民として暮らすことを余儀なくされた。しかし真田にとっては、それは喜ぶべきことでもあった。

真田自身はここ一年ほど、昔から夏の別荘として使っていた屋敷で、必要最低限の使用人と、愛する伴侶、佐々木文也と一緒に暮らしている。

一年前、正宗の死亡通知書が届き、そして綾瀬が行方不明になったことで、真田は失意のあまり、別荘に引き籠ったのだ。

しかし別荘に引き籠ってはいたが、真田は引き続き正宗の行方を調査していた。

ロゼルからは正宗が病死したと一方的に告げてきたのだが、いろいろと不自然なことも多く、真田としては納得できなかったからだ。

やはり、正宗、お前は生きていたのか——？

真田は正宗を追った。寒々とした世界はどこまでも続き、大雪原の地平線と空が溶け合い、曖昧な世界を作り出していた。

白しかない世界は、すべての色を、そして真田自身さえも吸い込んでしまいそうで、恐怖さえ与える。

だが真田はその恐怖を振り払い、広い雪原をただひたすらに進んだ。すると真田の黒い髪が風に煽られ、ふわりと靡いた。同時に、すぐ近くの木で羽を休めていたのだろう、大きな黒い鳥が突然大空に羽ばたいて飛んでいった。

あ——。

真田が驚いて鳥を見上げると、寒空から粉雪が舞い下り、それがきらきらと光った。

すべてがどこか夢の続きのような気がした。美しく、そして白い世界に、一人だけ閉じ込められる。

しばらく耳を澄ませた。神経を集中すれば、正宗の声が聞こえるかもしれない。

「……さ……ん」

どれくらい経っただろう。微かな声が真田の鼓膜を震わせた。

「け……い……さぁ……ん……」

聞き覚えのある声が自分の名前を呼んでいる。

真田は声がするほうへと視線を向けた。やがて白い世界にぽつりと人影が映る。次第にそれは大きくなり、温かな質感を増した。

「啓一さん、急にいなくなるから探しましたよ？　驚かせないでください」

そこには愛する文也が立っていた。途端、無機質な世界に色が蘇る。

「文也……」

「どうしたんですか？　こんなところで」

文也が手を握ってくる。真田の手は大気で冷やされ、氷のように冷たくなっていた。

「手袋もせずに……寒かったでしょう？」

文也の手から温かな体温が伝わってくる。そしてゆっくりと真田の心臓へと染みてきて、頑なになっていた心が、ほろりと崩れ、言葉となって唇から零れ落ちた。

「正宗が来てくれたんだ……」

「え？　正宗閣下が？」

文也の亜麻色の瞳が大きく見開かれる。

「ああ、俺に会いに来てくれた」

夢なのか現実なのかわからない。でも彼が会いに来てくれたことだけは確かだ。

自分のありえない言葉に、文也がどう答えてくれるか待っていると、わずかに彼の澄んだ瞳が揺れるのが見てとれた。

「……啓一さん、今、鳴沢様からの使者が参られ、この手紙を置いて帰られました」

「鳴沢……」

それは、かつて正宗が綾瀬をとりあった宿年の敵の名前だ。

「綾瀬さん、綾瀬春高さんの葬儀が来週に執り行われるそうです」

「葬儀……」

「綾瀬さんが行方不明になって一年。とうとう鳴沢様も覚悟をお決めになったのでしょう」

綾瀬の死を認められず、ずっと鳴沢は葬儀を拒否していたと聞いている。綾瀬の家も、鳴沢への恩義もあり、彼の気持ちを尊重して綾瀬の葬儀を出さずにいた一年であった。

その彼がとうとう認めたのだ。

もう綾瀬がこの世にいないということを――。

真田は静かに目を閉じた。

一つの時代が静かに終わっていく。すでに貴族社会は解体され、軍国主義であった大和帝国は、国民が政治の中枢を担う平和な国へと変わりつつある。

「屋敷に戻りましょう、啓一さん。温かい飲み物を一緒に飲みませんか？」

「文也……」

声を上げると、文也がその先を遮るように、言葉を足してきた。

「啓一さん、おかしな話ですが、僕はどうしても正宗閣下と綾瀬さんが死んだとは思えないんです。こうしている間も、彼らはどこか、この広い空の下で笑って暮らしているような気がしてならないんです」

文也は雲に覆われた空を見上げた。そして再び真田に視線を戻す。

「だから僕たちだけでも、彼らが生きていると信じませんか？　きっと真実がわかるときが来ますから、それまでは信じていたいんです」

「文也……」

真田は目の前の愛しい男をきつく抱きしめた。彼が信じたいというのなら、真田も信じてやりたいと思うし、信じられる気がした。

否、真田の心が揺れているのを文也が感じ取ってくれているからこそ、そう言って、真田を支えてくれたのかもしれない。真田一人だけでは、きっと崩れてしまうだろうから。

「悪いな……お前にはいつも支えられている」

「僕がいつも啓一さんに支えられているんですよ？」

真田に回った彼の手にぎゅっと力が入った。その力強さに、真田は自分の還る場所を改めて感じることができた。

　その頃、真田の乳母でもあった家政婦長が応接室に入り、真田が飲んでいたブランデーを片づけようとしていた。ふと、彼女の目がテーブルの上に留まる。

「あら？　啓一坊ちゃま、いつの間にお客様のお相手をしていらっしゃったのかしら」

　テーブルの上には空になったブランデーグラスが二つ置かれていた。両方とも氷が入っており、飲んだ跡がある。

「まあまあ、私としたことが全然気づかず、おもてなしもせずに、お客様をお帰ししてしまったようだわ。後で啓一坊ちゃまに謝っておかなければ……」

　ふと窓に目を遣（や）ると、啓一と彼の愛する青年、文也が仲睦（なかむつ）まじく肩を寄せ合って、こちらへ歩いてくるのが見えた。

　その様子が微笑（ほほえ）ましく、彼女は幸せそうに目を細めた。

「まだまだ雪が降りそうだわね。さあ、今夜も躰（からだ）を温めるような料理を料理長に作ってもらわないといけないわね」

　彼女はトレイにブランデーグラスとアイスペールを乗せると、そのまま応接室から出た。

　それはなんでもない、ただ普通のありふれたはずの冬の昼下がりの出来事であった。

END

あとがき

こんにちは、ゆりの菜櫻です。この作品は二〇一一年にラヴァーズ文庫様より刊行していただいた作品の新装版となります。何ヵ所か加筆修正をしました。前作をお持ちの方で、あれ？　と、違いに気づかれた方がいらっしゃいましたら、間違い捜しの達人です（笑）。

今回は少しハードですが、根底は純愛です。三人が激動の時代ゆえに運命に翻弄されていくのですが、その中でも愛だけはしっかりと、だけど静かに存在し、そして人々の心に残っていく。そんな一途な愛が書きたいと思い、五年前、執筆しておりました。

結末ですが、一体この二人はどうなったの？　と思われる方が多いと思いますが、この作品は、結末は皆様の感じたほうが正解という変わった書き方にしております。

しかし！　こうやって新装版を刊行していただけるに当たり、『書き下ろし』を書くことになって、この執筆当初の思惑から外れてしまうという思わぬ落とし穴が（笑）。

本編で結末を皆様に委ね、余韻を残して終わる目論見だったんですが、書き下ろしを書けば書くほど余韻が消え、墓穴を掘る罠が待っておりました（きゃ～汗）。

もうこうなったら開き直ります。この本には、結末に関係ない過去と脇カップルのＳＳ

を。そして結末に大きく関与してしまう『禁断』のその後のストーリーは書店様限定ＳＳペーパーで書こうと思います。ツイッターでアンケートを取って一位だった、もしも二人が生きていたら、その後……です。開き直りすぎか（汗）。二人が生きているとは思っていない方はこのペーパーを見なかったことで（苦笑）。

今回、拙作に花を添えてくださったのは小路龍流先生です。ストイックなのに妖艶という物凄くイメージにぴったりのイラストをいただき、ありがとうございました。

さらに担当様、お気に入りのシーンにイラストの指定を入れてくださり、ありがとうございます。嬉しいです。そして今回、新装版を刊行するに当たり、御尽力下さったラヴァーズ文庫担当様、当初は本当に素敵な装丁で本を出していただきありがとうございました。

最後になりましたが、ここまで読んでくださった皆様に最大級の感謝を。どうかまた皆様の許でこの本が可愛がっていただけますように願っております。では、またどこかでお会いできることを楽しみにしております。

ゆりの菜櫻

白夜月の褥：ラヴァーズ文庫（竹書房・二〇一一年七月刊）
白光の宴：二〇一一年十二月三十日発行の同人誌より一部抜粋加筆
白昼の幻影：書き下ろし

この本を読んでのご意見・ご感想・ファンレターなどお待ちしております。**〒111−0036 東京都台東区松が谷1−4−6−303 株式会社シーラボ「ラルーナ文庫編集部」**気付でお送りください。

白夜月（びゃくやづき）の褥（しとね）

2016年11月7日　第1刷発行

著　　者｜ゆりの菜櫻（なお）

装丁・DTP｜萩原 七唱

発 行 人｜曺 仁警

発 行 所｜株式会社 シーラボ
〒111-0036　東京都台東区松が谷1-4-6-303
電話　03-5830-3474／FAX　03-5830-3574
http://lalunabunko.com

発　　売｜株式会社 三交社
〒110-0016　東京都台東区台東4-20-9　大仙柴田ビル2階
電話　03-5826-4424／FAX　03-5826-4425

印刷・製本｜シナノ書籍印刷株式会社

ISBN978-4-87919-976-8